宋人「柳塘牧馬圖」——舊題陳居中作。圖中所繪為宋時女真人牧馬情狀。女真人有辮子，戴瓜皮小帽或尖頂帽，後世滿洲人與此相同。

陳居中「平皋調馬圖」——陳居中，南宋著名畫家，圖中人物是女真人，神情動作顯得對馬匹備極愛惜。

遼人的銀面具——遼國貴人逝世後，依其真實面形以銀子製成。現藏美國費城大學博物館。性質和游坦之的鐵面具不同，但契丹人向有以金屬製面具的習俗。

東北虎——長白山一帶之虎體態雄偉，蕭峯和完顏阿骨打所殺之虎即為此類。

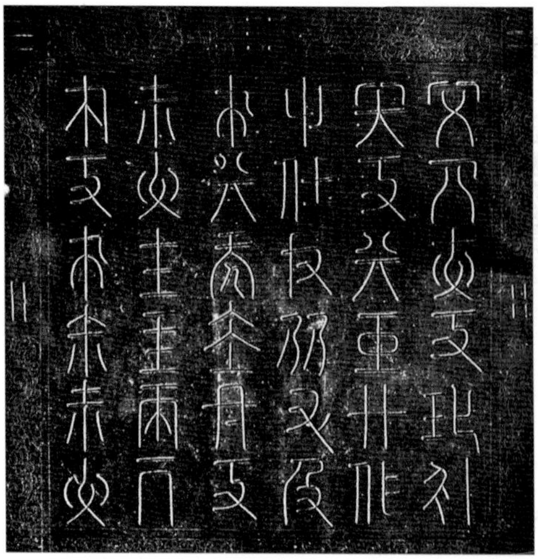

篆體契丹文字（道宗皇帝哀冊碑蓋）——遼道宗皇帝即耶律洪基，在位四十七年，遼壽昌七年（公元一一〇一年）正月死。「哀冊」是耶律洪基死後遼國朝廷哀悼並歌功頌德的紀念文字。這塊石碑於一九二二年在熱河省「遼慶陵」發現。

女真文字（女真進士題名碑）——女真文字模仿契丹文字而製成，是表音文字，字體較簡單。圖中石碑在河南開封發現，刻於金正大元年（公元一二二四）。

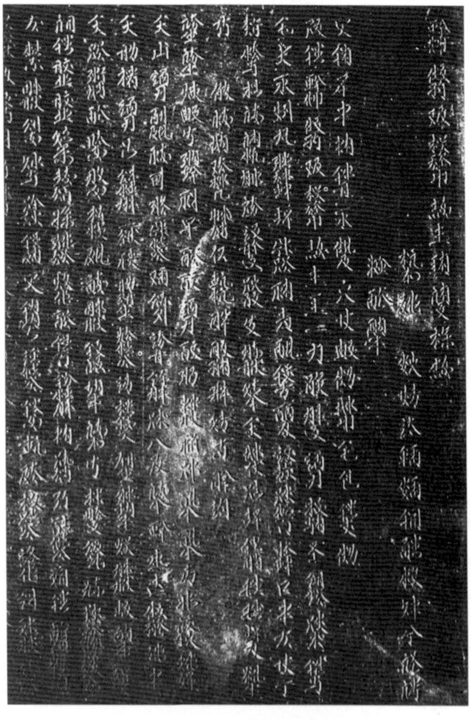

楷書契丹文字（道宗皇帝哀冊碑身）——第一行十字為「仁聖大孝文皇帝哀冊文」，耶律洪基死後的諡法是「仁聖大孝文皇帝」，廟號「道宗」。碑身上共刻一、一三五字，對後世研究契丹文字提供了極豐富的資料。

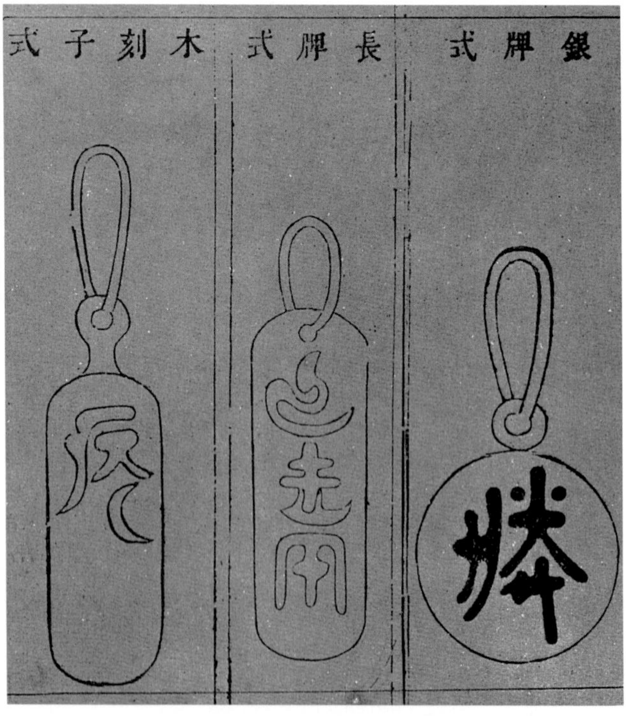

契丹文字——錄自宋・王易《燕北路》。據元・陶宗儀《書史會要》考據，這三塊牌子上的字是「朕」、「走馬」、「急」，當是朝廷傳旨或軍政長官傳令的信符。契丹文字繁複，有大字、小字兩種，由漢字篆書、楷書、行書、草書演變而成。

胡瓌「出獵圖」──圖中之契丹人不攜弓箭而帶匕首，馬鞍下墊獸皮。胡瓌是公元九三〇年前後的契丹人，畫風細致，可見其時契丹人在文化上已受漢人重大影響。

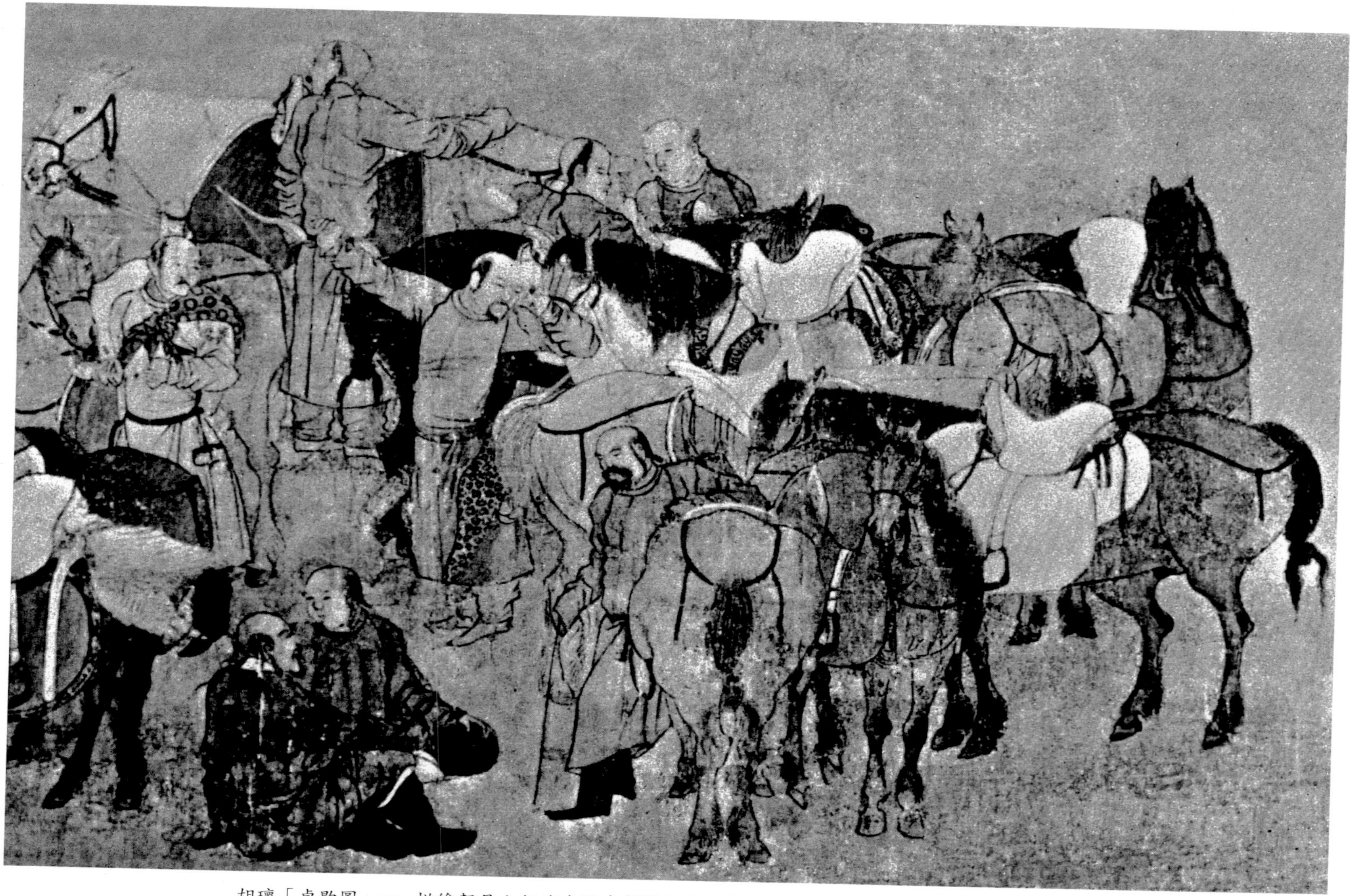

胡瓌「卓歇圖」──描繪契丹人行旅在途中暫歇之狀。畫風與上圖不同，有人以為非胡瓌之作。

李贊華「射騎圖」——李贊華，本遼太祖長子，名突欲。後唐長興二年投奔中國。明宗賜姓李，名贊華。圖中所繪為契丹武士及鞍馬。

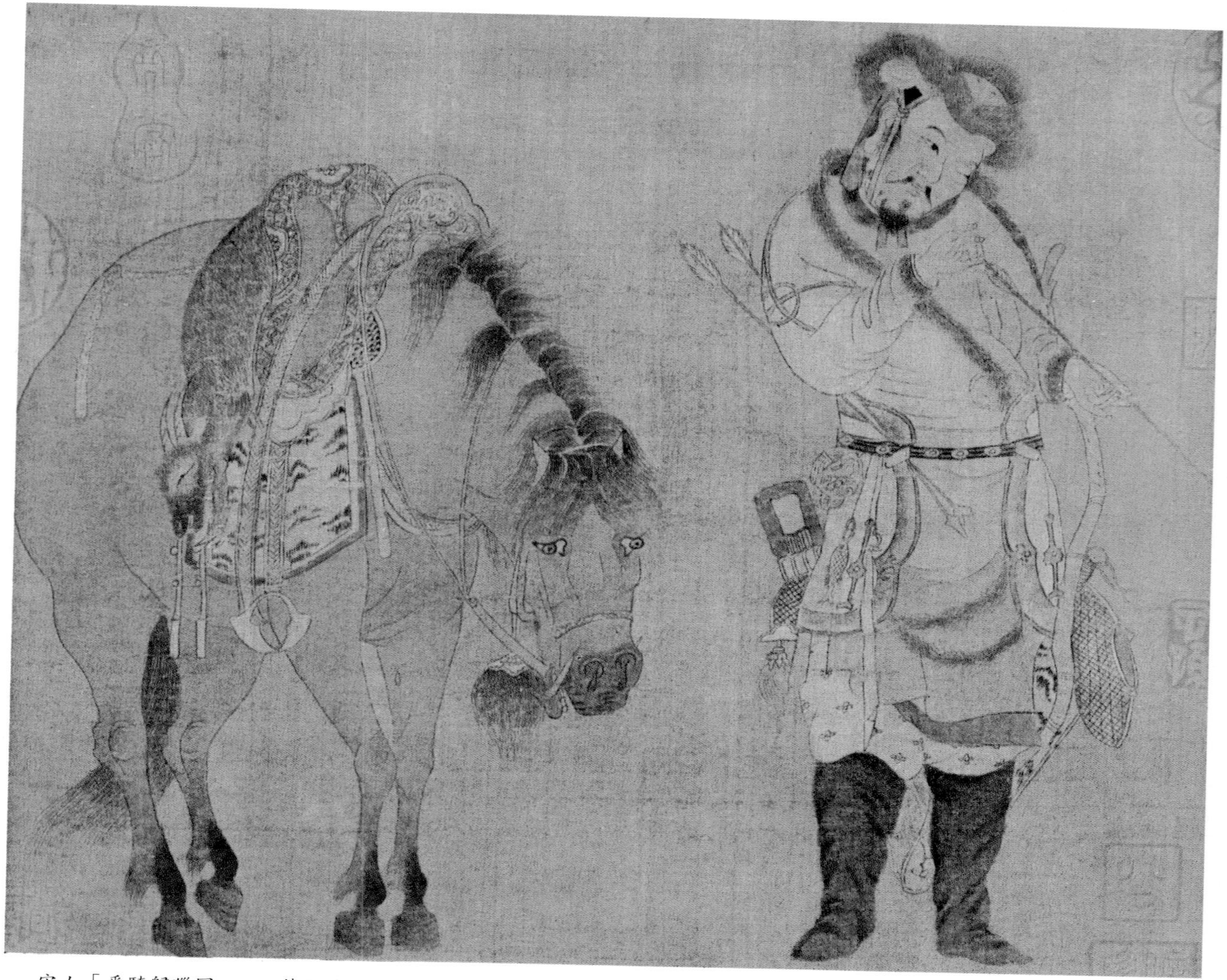

宋人「番騎歸獵圖」——舊題趙伯驌作。圖中契丹人各種裝飾用物，描繪細致異常。契丹騎士閉左目檢視羽箭曲直，神態生動。

大字版

天龍八部

金庸

⑥金戈鏖兵

大字版金庸作品集㊻
天龍八部 (6)金戈鑿兵 「公元2005年金庸新修版」
The Semi-gods and the Semi-devils, Vol.6

作　　者／金　庸

封面設計／唐壽南　內頁插畫／王司馬

發 行 人／王 榮 文
出版・發行／遠流出版事業股份有限公司
臺北市中山北路一段11號13樓
電話／2571-0297　傳真／2571-0197　郵撥／0189456-1

□2005年11月16日　初版一刷
□2022年 3 月16日　二版五刷

大字版　每冊380元（本作品全十冊，共3800元）
〔另有典藏版共36冊（不分售），平裝版共36冊，新修版共36冊，新修文庫版共72冊〕

ISBN　978-957-32-8133-7（套：大字版）
ISBN　978-957-32-8128-3（第六冊：大字版）
Printed in Taiwan

YLib 遠流博識網
http://www.ylib.com　E-mail:ylib@ylib.com

目錄

（本書第五集及第六集十回回目，十句調寄〈破陣子〉。）

雪地中一條大漢身披獸皮，挺著一柄長大鐵叉，追逐兩頭猛虎。其中一頭回頭咆哮，向那漢子撲去。那漢子虎叉挺出，對準猛虎的咽喉疾刺。這猛虎掉頭避開，第二頭猛虎又向那人撲去。

二六　赤手屠熊搏虎

蕭峯已接連三天沒吃飯，想打隻松鷄野兔，卻也瞧不見半點影子，尋思：「這般亂闖，終究闖不出去，且在林中憩息一宵，等雪住了，瞧到日月星辰，方能辨別方向。」在林中找了個背風處，撿些枯柴，生起火來。火堆燒得大了，身上便有暖意。他餓得腹中咕咕直響，見樹根處生著些草菌，顏色灰白，看來無毒，便在火堆旁烤了一些，聊以充飢。

吃了二十幾隻草菌後，精神略振，扶著阿紫靠在自己胸前烤火，並給她輸送內力。正要閉眼入睡，猛聽得「嗚嘩」一聲大叫，卻是虎嘯之聲。蕭峯大喜：「有大蟲送上門來，可有虎肉吃了。」側耳聽去，共有兩頭老虎從雪地中奔馳而來，隨即又聽到吆喝之聲，似是有人在追逐老虎。

他聽到人聲，更是歡喜，耳聽得兩頭老虎向西急奔，當即把阿紫輕輕放在火堆旁，展開輕功，從斜路上迎去。這時雪下得正大，北風又勁，捲得漫天盡是白茫茫的一團。

只奔出十餘丈，便見雪地中兩頭斑斕猛虎咆哮而來，後面一條大漢身披獸衣，挺著一柄長大鐵叉，急步追逐。兩頭猛虎軀體巨大，奔跑了一陣，其中一頭便回頭咆哮，向那漢子撲去。那漢子虎叉挺出，對準猛虎的咽喉疾刺。這猛虎行動便捷，一掉頭，便避開了虎叉，第二頭猛虎又向那人撲去。

那獵人身手極快，倒轉鐵叉，啪的一響，叉柄重重擊中猛虎腰間。那猛虎吃痛，縱聲大吼，夾著尾巴，掉頭便奔。另一頭老虎也不再戀戰，跟著走了。蕭峯見這獵人身手矯健，膂力雄強，但不似會甚麼武功，只是熟知野獸習性，猛虎尚未撲出，他鐵叉已候在虎頭必到之處，正所謂料敵機先，但要一舉刺死兩頭猛虎，看來卻也難能。

蕭峯叫道：「老兄，我來幫你打虎。」斜刺裏衝將過去，攔住了兩頭猛虎的去路。那獵人見蕭峯斗然衝出，吃了一驚，大聲呼喝叫嚷，說的不是漢人語言。蕭峯不懂他說些甚麼，當下也不理會，提起右手，對準一頭老虎額腦門重重一掌，砰的一聲響，那頭猛虎翻身摔了個斛斗，吼聲如雷，又向蕭峯撲來。

蕭峯適才這一掌使了七成力，縱是武功高強之士，受在身上也非腦漿迸裂不可，但猛虎頭堅骨粗，這一記裂石開碑的掌力打在頭上，居然只不過摔了個觔斗，又即撲上。

蕭峯讚道：「好傢伙，眞有你的！」側身避開，右手自上向下斜掠，嚓的一聲，斬在猛虎腰間。這一斬他加了一成力，那猛虎向前衝出幾步，腳步蹣跚，隨即沒命價縱躍奔逃。蕭峯搶上兩步，右手挽出，已抓住了虎尾，縱聲大喝，左手也抓上了虎尾，雙手使勁回拉，那猛虎正自發力前衝，給他這麼一拉，兩股勁力一迸，虎身直飛向半空。

那獵人提著鐵叉，正自和另一頭猛虎廝鬥，突見蕭峯竟將猛虎摔向空中，一驚非同小可。只見那猛虎在半空中張開大口，伸出利爪，從空撲落。蕭峯長聲斷喝，右掌運勁推出，啪的一聲悶響，擊上猛虎肚腹。虎腹是柔軟之處，這一招「見龍在田」正是蕭峯的得意功夫，那大蟲登時內臟碎裂，在地下翻滾一會，倒在雪中死了。

那獵人好生敬佩，人家空手斃虎，自己手有鐵叉，倘若連這頭老虎也殺不了，豈不叫人小覷了？當下左一叉，右一叉，一叉又一叉往老虎身上招呼。那猛虎身中數叉，疼痛之下，更激發了兇性，露出白森森牙齒，縱身向那人撲去。

那獵人側身避開，鐵叉橫戳，噗的一聲，刺入猛虎的頭頸，雙手上抬，那猛虎慘號聲中，翻倒在地。那人雙臂使力，將猛虎牢牢釘入雪地。但聽得喀喇喇一聲響，他上身的獸皮衣服背上裂開一條大縫，露出光禿禿的背脊，肌肉虬結，甚是雄偉。蕭峯看了，暗讚一聲：「好漢子！」只見那頭猛虎肚腹向天，四隻爪子凌空亂搔亂爬，過了一會，終於不動了。

那獵人提起鐵叉，哈哈大笑，轉過身來，向蕭峯雙手大拇指一翹，說了幾句話。蕭峯雖不懂他的言語，但瞧這神情，知他是稱讚自己英雄了得，於是學著他樣，也是雙手大拇指豎起，說道：「英雄，英雄！」

那人大喜，指指自己鼻尖，說道：「完顏阿骨打！」蕭峯料想這是他姓名，便也指指自己鼻尖，道：「蕭峯！」那人道：「蕭峯？契丹？」蕭峯點點頭，道：「契丹！你？」伸手指著他詢問。那人道：「完顏阿骨打！女眞！」

蕭峯素聞遼國之東、高麗之北有個部族，名叫女眞，族人勇悍善戰，原來這完顏阿骨打便是女眞人。雖言語不通，但茫茫雪海中遇到同伴，總是歡喜，當下比劃手勢，告訴他還有個同伴，提起死虎，向阿紫躺臥之處走去。阿骨打拖了死虎，跟隨其後。

猛虎新死，血未凝結，蕭峯倒提虎身，割開虎喉，將虎血灌入阿紫口中。阿紫睜不開眼來，卻能吞嚥虎血，喝了十餘口才罷。蕭峯甚喜，撕下兩條虎腿，便在火堆上烤了起來。阿骨打見他空手撕下虎腿，如撕熟雞，這等手勁實是見所未見，聞所未聞，呆呆的瞧著他一雙手，看了半晌，伸出手掌去輕輕撫摸他手腕手臂，滿臉敬仰之色。

虎肉烤熟後，蕭峯和阿骨打吃了個飽。阿骨打做手勢問起來意，蕭峯打手勢說是挖掘人參爲阿紫治病，以致迷路。阿骨打哈哈大笑，一陣比劃，說道要人參容易得緊，隨我去要多少有多少。蕭峯大喜，站起身來，左手抱起阿紫，右手便提起一頭死虎。阿骨打又是拇指一翹，說了幾句話，料是讚他：「好大的氣力！」

阿骨打對這一帶地勢甚熟，雖在大風雪中也不迷路。兩人走到天黑，便在林中住宿，天明又行。如此一路向東，走了兩天，到第三天午間，蕭峯見雪地中腳印甚多。阿骨打連打手勢，說道離族人已近。果然轉過兩個山坳，只見東南方山坡上黑壓壓的紮了數百座獸皮營帳。阿骨打撮唇作哨，營帳中便有人迎了出來。

蕭峯隨著阿骨打走近，見每一座營帳前都生了火堆，火堆旁圍滿女人，正分別縫綴獸皮、醃臘獸肉。阿骨打帶著蕭峯走向中間一座最大營帳，挑帳而入。蕭峯跟了進去。帳中十餘人圍坐，正自飲酒，見到阿骨打，都大聲歡呼起來。阿骨打指著蕭峯，連比帶說，蕭峯瞧著他手勢，料知他是在叙述自己空手斃虎的情形。衆人紛紛圍到蕭峯身邊，伸手翹起大拇指，不住口的稱讚。正熱鬧間，進來一個買賣人打扮的漢人，向蕭峯道：「這位爺台，會說漢話麼？」蕭峯喜道：「會說，會說。」

問起情由，原來此處是女眞人族長的帳幕。居中那黑鬚老者便是族長和哩布。他共有十一個兒子，個個英雄了得。阿骨打是他次子。這漢人名叫許卓誠，每年冬天到這裏來收購人參、毛皮，直到開春方回。許卓誠會說女眞話，於是便做了蕭峯的通譯。女眞人與契丹人本來時相攻戰，但最敬佩的是英雄好漢。那完顏阿骨打精明幹練，極得父親喜愛，族人對他也甚愛戴，他既沒口子的讚譽蕭峯，族人便也不以蕭峯是契丹人爲嫌，待以上賓之禮。

阿骨打讓出自己的帳幕給蕭峯和阿紫居住。蕭峯推謝了幾句，阿骨打執意不肯。蕭峯見對方意誠，也就住了進去。

當晚女眞族人大擺筵席，歡迎蕭峯，那兩頭猛虎之肉，自也作了席上之珍。蕭峯半月來唇不沾酒，這時女眞族人一皮袋、一皮袋的烈酒取將出來，蕭峯喝了一袋又一袋，意興酣暢。女眞人所釀的酒入口辛辣，酒味極劣，但性子猛烈，常人喝不到小半袋便就醉了，蕭峯連盡十餘袋，仍面不改色。女眞人以酒量宏大爲眞好漢，他如何空手殺虎，衆人並不親見，但這般喝酒，便十個女眞大漢加起來也比不過，自是人人敬畏。

許卓誠見女眞人對他敬重，便也十分奉承於他。蕭峯閒居無事，日間和阿骨打同去打獵，天黑之後，便跟著許卓誠學說女眞話。學得四五成後，心想自己是契丹人，卻不會說契丹話，未免說不過去，接著又跟他學契丹話。許卓誠多在各地行走，不論契丹話、西夏話、或女眞話都說得流利。蕭峯學話的本事並不聰明，但女眞話和契丹話都遠較漢語簡易，時日既久，終於也能辭可達意，不必再需通譯了。

匆匆數月，冬盡春來，阿紫每日以人參爲糧，傷勢頗有起色。女眞人在荒山野嶺中挖得的人參，都是年深月久的上品，比黃金也還貴重。蕭峯出獵一次，定能打得不少野獸，換了人參來給阿紫當飯吃。縱是富豪之家，如有一位小姐這般吃參，只怕也要吃窮了。蕭峯每日仍須以內力助她運氣，其時每天一兩次已足，不必像先前那般掌不離身。阿紫有時勉強也可說幾句話，但四肢乏力，沒法動彈，一切起居飲食，全由蕭峯照料。他念及阿朱的深情，甘任其勞，反覺多服侍阿紫一次，便多報答了阿朱一分，心下反覺欣慰。

這一日阿骨打率領了十餘名族人，要到西北山嶺去打大熊，邀蕭峯同去，說道大熊毛皮既厚，油脂又多，熊掌肥美，熊膽更於治傷極具靈效。蕭峯見阿紫精神甚好，自己儘可放心出獵，便託一個女眞婦人照料阿紫，跟著阿骨打欣然就道。一行人天沒亮便出發了，直趨向北。

其時已是初夏，冰雪消融，地下泥濘，森林中滿是爛枝爛葉，頗爲難行，這些女眞人腳力輕健，仍走得極快。到得午間，一名老獵人叫了起來：「熊！熊！」各人順著他所指之處瞧去，只見遠處爛泥地中一個大大腳印，隔不多遠，又是一個，正是大熊的足跡。衆人興高采烈，跟著腳印追去。

大熊的腳掌踏在爛泥之中，深及數寸，便小孩也會跟蹤，一行人大聲吆喝，快步而前。見腳印一路向西，後來離了泥濘的森林，走上草原，衆人追得更加快了。

正奔馳間，忽聽得馬蹄聲大作，前面塵頭飛揚，一大隊人馬疾馳而來。但見一頭大黑熊轉身奔來，後面七八十人各乘高頭大馬，吆喝追逐，這些人有的手執長矛，有的拿著弓箭，個個神情剽悍。

阿骨打叫道：「是契丹人！他們人多，快走！快走！」蕭峯聽說是自己族人，心起親近之意，見阿骨打等轉身奔跑，他卻並不便行，站著要看個明白。

那些契丹人卻叫了起來：「女眞蠻子，放箭！放箭！」只聽得颼颼之聲不絕，羽箭紛紛射來。蕭峯心下著惱：「怎地沒來由的一見面便放箭？也不問個清楚。」幾枝箭射到身前，都給他伸手撥落。卻聽得「啊」的一聲慘叫，那女眞老獵人背心中箭，伏地而死。阿骨打領著衆人奔到一個土坡之後，伏在地下，彎弓搭箭，也射倒了兩名契丹人。蕭峯處身其間，不知幫那一邊才好。

契丹人的羽箭卻不住向蕭峯射來。蕭峯接住一枝箭，隨手揮舞，將來箭一一拍落，大聲叫道：「幹甚麼啊？爲甚麼話也沒說，便動手殺人？」阿骨打在土坡上叫道：「蕭峯，蕭峯，快來，他們不知你是契丹人！」

便在此時，兩名契丹人挺著長矛，縱馬向蕭峯直衝過來，雙矛齊起，分從左右刺到。蕭峯不願傷害自己族人，雙手分別抓住矛桿，輕輕一抖，兩名契丹人倒撞下馬。蕭峯以矛桿挑起二人身子擲出。那二人在半空中啊啊大叫，飛回本陣，摔在地下，半晌爬不起來。阿骨打等女眞人大聲叫好。

契丹人中一個紅袍中年漢子大聲吆喝，發施號令。數十名契丹人展開兩翼，包抄過來，去攔截阿骨打等人後路。那紅袍人身周，尚擁著數十人。

阿骨打見勢頭不妙，大聲呼哨，招呼族人和蕭峯逃走。契丹人箭如雨下，又射倒了幾名女眞人。女眞獵人強弓硬弩，箭無虛發，頃刻間也射死了十來名契丹騎士，但寡不敵衆，邊射邊逃。蕭峯見這些契丹人蠻不講理，雖說是自己族人，卻也顧不得了，搶過一張硬弓，颼颼颼颼，連發四箭，每一枝箭都射中一名契丹人的肩頭或大腿，四人都摔下馬來，卻沒送命。這紅袍人幾聲吆喝，那些契丹人縱馬追來，甚爲勇悍。

蕭峯見同來的伙伴之中，只阿骨打和五名青年漢子還在一面奔逃，一面放箭，其餘都已爲契丹人射死。大草原上無處隱蔽，看來再鬥下去，連阿骨打都要遭殺。這些時候來女眞人對自己待若上賓，倘連好朋友遇到危難也不能保護，還說甚麼英雄好漢？但若大殺一陣，將這些契丹人殺得知難而退，勢必多傷本族族人的性命，只有擒住這個爲首的紅袍人，逼他下令退卻，方能使兩下罷鬥。

他心念已定，以契丹語大聲叫道：「喂，你們快退回去！如再不退兵，我可要不客氣了。」呼呼呼三聲響處，三枝長矛迎面擲來。蕭峯心道：「你們這些人當眞不知好歹！」身形一矮，向那紅袍人疾衝過去。

阿骨打見他涉險，叫道：「使不得，蕭峯快回來！」

蕭峯不理，一股勁的向前急奔。衆契丹人紛紛呼喝，長矛羽箭都向他身上招呼。蕭峯接過一枝長矛，折爲兩截，拿了半截斷矛，便如是一把長劍一般，將射來的兵刃一一撥開，步履如飛，直搶到那紅袍人馬前。

那紅袍人滿腮虬髯，神情威武，見蕭峯攻來，竟毫不慌張，從左右護衛手中接過三枝標槍，颼的一槍向蕭峯擲來。蕭峯將斷矛插入腰間皮帶，伸手接住了標槍，待第二枝槍到，又已接住。他雙臂一振，兩枝標槍激射而出，將紅袍人的左右護衛刺下馬來。紅袍人喝道：「好本事！」第三槍迎面又已擲到。蕭峯左掌上伸，撥轉槍頭，借力打力，那標槍激射如風，插入了紅袍人坐騎的胸口。

那紅袍人叫聲「啊喲！」躍離馬背。蕭峯猱身而上，左臂伸出，已抓住他右肩。只聽得背後金刃刺風，他足下一點，向前彈出丈餘，托托兩聲響，兩枝長矛插入了地下。蕭峯抱著那紅袍人向左躍起，落在一名契丹騎士身後，將他一掌打落馬背，逕自縱馬馳開。

那紅袍人揮拳毆擊蕭峯面門。蕭峯左臂只一夾，那人便動彈不得。蕭峯喝道：「你叫他們退去，否則當場便夾死了你。」紅袍人無奈，只得叫道：「大家退開，不用鬥了！」契丹人紛紛搶到蕭峯身前，想要救人。蕭峯以斷矛矛頭對準紅袍人的右頰，喝道：「要不要刺死了他？」

一名契丹老者喝道：「快放開咱們首領，否則把你五馬分屍。」

蕭峯哈哈大笑，呼的一掌，向那老者凌空劈了過去。他這一掌意在立威，嚇倒衆人，以免多有殺傷，是以手上的勁力使得十足，但聽得砰的一聲巨響，那契丹老漢爲掌力所激，從馬背上直飛了出去，摔出數丈之外，口中狂噴鮮血，眼見不活了。

衆契丹人不約而同的一齊勒馬退後，神色驚恐異常。蕭峯叫道：「你們再不退開，我先將他一掌打死！」說著舉起手掌，作勢要向那紅袍人頭頂擊落。

紅袍人叫道：「你們退開，大家後退！」衆人勒馬向後退了幾步，但仍不肯就此離去。蕭峯尋思：「這一帶都是平原曠野，倘若放了他們首領，這些契丹人騎馬追來，終究不能逃脫。」向紅袍人道：「你叫他們送八匹馬過來。」紅袍人依言吩咐。契丹騎士牽了八匹馬過來，交給阿骨打。

阿骨打惱恨這些契丹人殺他同伴，砰的一拳，將一名牽馬的契丹騎士打了個觔斗。契丹雖然人衆，竟不敢還手。

蕭峯又道：「你再下號令，叫各人將坐騎都宰了，一匹也不能留。」

那紅袍人倒也爽快，竟不爭辯，大聲傳令：「人人下馬，將坐騎宰了。」衆騎士毫不思索的躍下馬背，或用佩刀，或用長矛，將自己的馬匹都殺死了。

蕭峯沒料到衆武士竟如此馴從，暗生讚佩之意，心想：「這紅袍人看來位望著實不低，隨口一句話，衆武士竟沒半分違拗。契丹人如此軍令嚴明，無怪跟宋人打仗，一直勝多敗少。」說道：「你叫各人回去，不許追來。有一人追來，我斬去你一隻手；有兩人追來，我斬你雙手；四個人追來，斬你四肢！」

紅袍人氣得鬚髯戟張，但在他挾持之下，無可奈何，只得傳令道：「各人回去，調動人馬，直搗女眞人巢穴！」衆武士齊聲道：「遵命！」一齊躬身。

蕭峯掉轉馬頭，等阿骨打等六人都上了馬，一行人循東來原路急馳而回。馳出數里後，蕭峯見契丹人果然並不追來，便躍到另一匹坐騎鞍上，讓那紅袍人自乘一馬。

八人馬不停蹄的回到大營。阿骨打向他父親和哩布稟告如何遇敵、如何得蒙蕭峯相救、如何擒得契丹首領。和哩布甚喜，道：「好，將那契丹狗子押上來。」

那紅袍人進入帳內，仍神態威武，直立不屈。和哩布知他是契丹貴人，問道：「你叫甚麼名字？在遼國官居何職？」那人昂然道：「我又不是你捉來的，你怎配問我？」說的是女眞話。契丹人和女眞人都有慣例，凡俘虜了敵人，便是屬於俘獲者私人的奴隸。和哩布哈哈一笑，道：「也說得是！」

那紅袍人走到蕭峯身前，右腿一曲，單膝下跪，右手加額，說道：「主人，你當眞英雄了得，我打你不過，何況我們人多，仍然輸了。我爲你俘獲，絕無怨言。你若放我回去，我以黃金五十兩、白銀五百兩、駿馬三十匹奉獻。」

阿骨打的叔父頗拉蘇道：「你是契丹大貴人，這麼些贖金不夠，蕭兄弟，你叫他送黃金五百兩、白銀五千兩、駿馬三百匹來贖取。」這頗拉蘇精明能幹，將贖金加了十倍，原是漫天討價之意。本來黃金五十兩、白銀五百兩、駿馬三十匹，以女眞人生活之簡陋，已是罕有的巨財，女眞人和契丹人交戰數十年，從未聽見過如此巨額的贖款，倘若這紅袍貴人不肯再加，那麼照他應許的數額接納，也是一筆大橫財了。

不料那紅袍人竟不躊躇，一口答允：「好，就這麼辦！」

帳中一干女眞人聽了都大吃一驚，幾乎不相信自己的耳朵。契丹、女眞兩族族人撒謊騙人，當然也不是沒有，但交易買賣，或是許下諾言，卻向來說一是一，說二是二，從無說過後不作數的，何況這時談論的是贖金數額，倘若契丹人繳納不足，或是意欲反悔，這紅袍人便不能回歸本族，因此空言許諾根本無用。頗拉蘇還怕他被俘後驚慌過甚，神智不清，說道：「喂，你聽淸楚了沒有？我說的是黃金五百兩、白銀五千兩、駿馬三百匹。」

紅袍人神態傲慢，冷冷的道：「黃金五百兩、白銀五千兩、駿馬三百匹，何足道哉？我大遼國富有天下，也不會將這區區之數放在眼內。」他轉身對著蕭峯，神色登時轉爲恭謹，道：「主人，我只聽你一人吩咐，別人的話，我不再理了。」頗拉蘇道：「蕭兄弟，你問問他，他到底是遼國的甚麼貴人大官？」蕭峯還未出口，那人道：「主人，你若定要問我出身來歷，我只有胡亂揑造，欺騙於你，諒你也難知眞假。但你是英雄好漢，我也是英雄好漢，我不願騙你，因此你不用問了。」

蕭峯左手一翻，從腰間拔出半截斷矛，右掌擊向矛身，啪的一聲，半截鐵矛登時彎了下來，厲聲喝道：「你膽敢不說？我手掌在你腦袋上這麼一劈，那便如何？」

紅袍人卻不驚惶，右手大拇指一豎，說道：「好本領，好功夫！今日得見當世第一的大英雄，眞算不枉了。蕭英雄，你以力威逼，要我違心屈從，那可辦不到。你要殺便殺。契丹人雖鬥你不過，骨氣卻跟你一般硬朗。」蕭峯哈哈大笑，道：「好，好！我不在這裏殺你。咱們走得遠遠的，再去惡鬥一場。」

和哩布和頗拉蘇齊聲勸道：「蕭兄弟，這人殺了可惜，不如留著收取贖金的好。你若生氣，不妨用木棍皮鞭狠狠打他一頓。」

蕭峯道：「不！他要充好漢，我偏不給他充。」向女眞人借了兩枝長矛，兩副弓箭，拉著紅袍人的手腕，同出大帳，自己翻身上馬，說道：「上馬罷！」紅袍人毫不畏縮，明知與蕭峯相鬥必死無疑，他說要再鬥一場，直如貓兒捉住了耗子，要戲弄一番再殺而已，卻也凜然不懼，一躍上馬，逕向北去。

蕭峯縱馬跟隨其後，兩人馳出數里。蕭峯道：「轉向西行！」紅袍人道：「此地風景甚佳，我就死在這裏好了。」蕭峯道：「接住！」將長矛、弓箭擲了過去。那人一一接住，大聲道：「蕭英雄，我明知不是對手，但契丹人寧死不屈。我要出手了！」蕭峯道：「且慢，接住！」又將自己手中的長矛和弓箭擲了過去，兩手空空，按轡微笑。紅袍人大怒，叫道：「嘿，你要空手和我相鬥，未免辱人太甚！」

蕭峯搖頭道：「不是！蕭某生平敬重的是英雄，愛惜的是好漢。你武功雖不如我，卻是大大的英雄好漢，何況大家都是契丹人，蕭某交了你這個朋友！你回家去罷。」

紅袍人大吃一驚，問道：「甚……甚麼？」蕭峯微笑道：「我說蕭某當你是好朋友，讓你平安回家。」紅袍人從鬼門關中轉了過來，喜不自勝，聽蕭峯說是契丹人，還不甚信，問道：「你眞的放我回去？你……你到底是何用意？我回去後將贖金再加十倍，送來給你。」蕭峯怫然道：「甚麼贖金都不要。我當你是朋友，你如何不當我是朋友？蕭峯是堂堂漢子，豈貪身外財物？」

紅袍人道：「是，是！」擲下兵刃，翻身下馬，跪倒在地，俯首下拜，說道：「多謝恩公饒命。」蕭峯跪下還禮，說道：「蕭某不殺朋友，也不敢受朋友跪拜。倘若是奴隸之輩，蕭某受得他跪拜，也就不肯饒他性命。」

紅袍人更加歡喜，站起身來，說道：「蕭英雄，你說是我契丹族人，又口口聲聲當我是朋友，我跟你結義爲兄弟，如何？」

蕭峯藝成以後，便即入了丐幫。幫中輩份分得甚嚴，自幫主、副幫主以下，有傳功、執法長老，四大護法長老，以及各舵舵主、八袋弟子、七袋弟子以至不負布袋的弟子。他向來只積功遞升，從沒和人拜把子義結兄弟，只在無錫跟段譽一場賭酒，相互傾慕，這才結義爲金蘭之交。這時聽那紅袍人這麼說，想起當年在中原交遍天下英豪，今日落得蠻邦索居，委實落魄之極，居然有人提議結義，登生知己之感，又見這紅袍人氣度豪邁，著實是條好漢子，便道：「甚好，甚好，在下蕭峯，今年三十一歲。尊兄貴庚？」那人笑道：「在下耶律基，卻比恩公大了八歲。」蕭峯道：「兄長如何還稱小弟爲恩公？你是大哥，受我一拜。」說著便拜了下去。耶律基急忙還禮。

兩人將三枝長箭插在地下，點燃箭尾羽毛，作爲香燭，向天拜了八拜，結爲兄弟。

耶律基心下甚喜，說道：「兄弟，你當眞是我契丹族人嗎？」蕭峯點頭道：「小弟原是契丹人。」說著解開衣衫，露出胸口刺著的那個青色狼頭。

耶律基一見大喜，說道：「果然不錯，你是我契丹后族姓蕭的族人。兄弟，女眞之地寒苦，不如隨我同赴上京，共享富貴。」蕭峯道：「多謝哥哥好意，可是小弟素來貧賤，富貴生活是過不來的。小弟在女眞人那裏居住，打獵吃酒，倒也逍遙快活。日後思念哥哥，自當前來遼國尋訪。」他和阿紫分別已久，記掛她傷勢，道：「哥哥，你早些回去罷，以免家人和部屬牽掛。」當下兩人行禮而別。

蕭峯掉轉馬頭回來，見阿骨打率領了十餘名族人前來迎接，原來阿骨打見蕭峯久去不歸，深恐中了那紅袍人的詭計，放心不下，前來接應。蕭峯說起已釋放他回遼。阿骨打也是個大有見識的英雄，對蕭峯的輕財重義、豁達大度，深爲讚歎。

一日，蕭峯和阿骨打閒談，說起阿紫所以受傷，乃係誤中自己掌力所致，雖用人參支持性命，但日久不愈，甚是煩惱。阿骨打道：「蕭大哥，原來你妹子的病是外傷，咱們女眞人醫治打傷跌損，向來用虎筋、虎骨和熊膽三味藥物，很有效驗，你怎麼不試一試？」蕭峯大喜，道：「別的沒有，這虎筋、虎骨，這裏再多不過，至於熊膽嗎，我出力去殺熊便是。」當下問明用法，將虎筋、虎骨熬成了膏，餵阿紫服下。

次日一早，蕭峯獨自往深山大澤中去獵熊。他孤身出獵，得以儘量施展輕功，比之隨衆打獵方便得多。第一日沒尋到黑熊蹤跡，第二日便獵到了一頭。他剖出熊膽，奔回營地，餵著阿紫服了。這虎筋、虎骨、熊膽與老山遠年人參，都是珍貴之極的治傷靈藥，尤其新鮮熊膽更加難得。薛神醫雖說醫道如神，終究非藥物不可，將老山人參給病人當飯吃，固非他財力所能，而要像蕭峯那樣，隔不了幾天便去弄一兩副新鮮熊膽來給阿紫服下，卻也決難辦到。

這一日，他正在帳前熬虎筋虎骨膏藥，一名女眞人匆匆過來，說道：「蕭大哥，有十幾個契丹人給你送禮來啦。」蕭峯點點頭，心知是義兄耶律基遣來。只聽得馬蹄聲響，一列馬緩緩過來，馬背上都馱滿了物品。

爲首的那契丹隊長聽耶律基說過蕭峯的相貌，一見到他，老遠便跳下馬來，快步搶前，拜伏在地，說道：「主人自和蕭大爺別後，想念得緊，特命小人室里送上薄禮，並請蕭大爺赴上京盤桓。」說著磕了幾個頭，雙手呈上禮單，神態恭謹之極。

蕭峯接了禮單，笑道：「費心了，你請起罷！」打開禮單，見是契丹文字，便道：「我不識字，不用看了。」室里道：「這份薄禮是黃金五千兩、白銀五萬兩、錦緞一千疋、上等麥子一千石、肥牛一千頭、肥羊五千頭、駿馬三千匹，此外尚有諸般服飾器用。」

蕭峯愈聽愈驚，這許多禮物，比之頗拉蘇當日所要的贖金更多了十倍，他初見十餘匹馬馱著物品，已覺禮物太多，倘若照這隊長所言，不知要多少馬匹車子才裝得下。

室里躬身道：「主人怕牲口在途中走散損失，是以牛羊馬匹，均多備了一成。托賴主人和蕭大爺洪福，小人一行路上沒遇上風雪野獸，牲口損失很小。」蕭峯嘆道：「耶律哥哥想得這等周到，我若不受，未免辜負了他好意，但若盡數收受，卻又如何過意得去。」室里道：「主人再三囑咐，蕭大爺要是客氣不受，小人回去必受重罰。」

忽聽得號角聲嗚嗚吹起，各處營帳中的女眞人執了刀槍弓箭，紛紛奔來。有人大呼傳令：「敵人來襲，預備迎敵。」蕭峯向號角聲傳來之處望去，只見塵頭大起，似有無數軍馬向這邊行進。室里大聲叫道：「各位勿驚，這是蕭大爺的牛羊馬匹。」他用女眞話連叫數聲，但一干女眞人並不相信，和哩布、頗拉蘇、阿骨打等仍分率族人，紛紛在營帳之西列成隊伍。

蕭峯第一次見到女眞人布陣打仗，心想：「女眞族人數不多，卻個個兇猛矯捷。耶律哥哥手下的那些契丹騎士雖亦了得，似乎尚不及這些女眞人的剽悍，至於大宋官兵，那更加不如了。」

室里叫道：「我去招呼部屬暫緩前進，以免誤會。」轉身上馬，向西馳去。阿骨打手一揮，四名女眞獵人上馬跟隨其後。五人縱馬緩緩向前，馳到近處，但見漫山遍野都是牛羊馬匹，一百餘名契丹牧人手執長桿吆喝驅打，並無兵士。

四名女眞人一笑轉身，向和哩布稟告。過不多時，牲口隊來到近處，只聽得牛鳴馬嘶，吵成一片，連衆人說話的聲音也淹沒了。

當晚蕭峯請女眞族人殺羊宰牛，款待遠客。次日從禮物中取出金銀錦緞，賞了送禮的一行人衆。待契丹人告別後，他將金銀錦緞、牛羊馬匹盡數轉送了阿骨打，請他分給族人。女眞人聚族而居，各家並無私產，一人所得，便是同族公有，蕭峯如此慷慨，各人倒也不以爲奇，但平白無端的得了這許多財物牲口，自是皆大歡喜。全族大宴數日，人人都感激蕭峯。

夏去秋來，阿紫的病又好了幾分。她神智一清，便學說女眞話和契丹話，她學話遠比蕭峯聰明，不多久便勝過了蕭峯。她每日躺在營帳中養傷甚覺厭煩，常要蕭峯帶她出外騎馬散心。兩人並騎，她倚在蕭峯胸前，不花半點力氣。後來近處玩得厭了，索性帶了帳篷，在外宿營，數日不歸。此時的阿紫頗爲溫順，往日乖戾再不復見，蕭峯從她身上，隱隱也看到了一點阿朱的影子，午夜夢迴，見到秀麗的小臉躺在自己身邊，幾乎覺得阿朱死後復活，悽苦之情，竟得稍減。蕭峯乘機打虎獵熊、挖掘人參。只因阿紫偷射了一枚毒針，長白山邊的黑熊、猛虎可就倒足了大霉，不知道有多少爲此而喪生在蕭峯掌底。

蕭峯爲了便於挖參，每次都是向東或向北。這一日阿紫說東邊、北邊的風景都看過了，要往西走走。蕭峯道：「西邊是一片大草原，沒甚麼山水可看。」阿紫道：「大草原也很好啊，像大海一般，我就是沒見過眞正的大海。我們的星宿海雖說是海，其實是一大片沼澤和小湖而已。」

蕭峯聽她提到「星宿海」三字，心中一凜，這大半年來和女眞人共居，竟將武林中的種種情事都淡忘了。阿紫不能行動，要做壞事也無從做起，只顧著給她治傷救命，竟沒想到她傷愈之後，惡性如再發作，卻便如何？

他回過頭來，向阿紫瞧去，見她一張雪白的臉蛋仍沒半點血色，面頰微陷，一雙大大的眼珠也凹了進去，容色憔悴，身子更瘦骨伶仃。蕭峯不禁內疚：「她本來是何等秀麗俊美、活潑可愛的一個小姑娘，卻給我打得半死不活，變得和骷髏相似，怎地我仍只念著她的壞處？這大半年來，她性情溫和體貼，只怕從前的刁惡脾氣都已改好了。」便即笑道：「你既喜歡往西，咱們便向西走走。阿紫，等你病大好了，我帶你到高麗國邊境，去瞧瞧眞的大海，碧水茫茫，一望無際，那氣象才了不起呢。」

阿紫拍手笑道：「好啊，好啊，其實不用等我病好全，咱們就可去了。」蕭峯「咦」的一聲，又驚又喜，道：「阿紫，你雙手能隨意活動了。」阿紫笑道：「十四五天前，我兩隻手便能動了，今天更加靈活了好多。」蕭峯喜道：「好極了！你這頑皮姑娘，怎地一直瞞著我？」阿紫眼中閃過一絲狡猾神色，微笑道：「我寧可永遠動彈不得，你便天天這般陪著我。等我傷好了，你又要趕我走了。」

蕭峯聽她說得眞誠，憐惜之情油然而生，道：「我是個粗魯漢子，那次一不小心，便將你打成這生模樣。你天天陪著我，又有甚麼好？」

阿紫不答，過了好一會，低聲道：「姊夫，只因我先用毒針射你，你才這麼大力打我，是我先不好！」蕭峯不願重提舊事，搖頭道：「這件事早過去了，再提幹麼？阿紫，我將你傷成這樣，好生過意不去，你恨不恨我？」阿紫道：「我自然不恨。我爲甚麼恨你？我本來要你陪著我，現下你可不是陪著我了麼？我開心得很呢！」

蕭峯聽她這麼說，雖覺這小姑娘的念頭古怪，但近來她行爲確實很好，想是自己盡心服侍，已將她戾氣化去了不少，當下回去預備馬匹、車輛、帳幕、乾糧等物。

次日一早，兩人便即西行。行出十餘里，阿紫問道：「姊夫，你猜到了沒有？」蕭峯道：「猜到了甚麼？」阿紫道：「那天我忽然用毒針射你，你可知是甚麼緣故？」蕭峯搖了搖頭，道：「你的心思神出鬼沒，我怎猜得到？」阿紫嘆了口氣，道：「你既猜不到，那就不用猜了。總而言之，我不是想殺你，如眞有人要殺你，我會捨了性命救你。阿朱待你有多好，阿紫決不比姊姊少了半分。」

忽聽得頭頂天空中雁羣唳鳴，阿紫問道：「姊夫，你看這許多大雁，爲甚麼排成了隊向南飛去？」蕭峯抬起頭來，見天邊兩隊大雁，排成了「人」字形，正向南疾飛，便道：「天快冷了，大雁怕冷，到南方避寒。」阿紫道：「到了春天，牠們爲甚麼又飛回來？每年一來一去，豈不辛苦得很？牠們要是怕冷，索性留在南方，便不用回來了。」

蕭峯自來潛心武學，從來沒去想過禽獸蟲蟻的習性，給她一問，倒答不出來，搖頭笑道：「我也不知牠們爲甚麼不怕辛苦，想來這些雁兒生於北方，留戀故鄉之故。」阿紫點頭道：「定是這樣了。你瞧最後這隻小雁兒，身子不大，卻也向南飛去。將來牠的爹爹、媽媽、姊姊、姊夫都回到北方，牠自然也要跟著回來。」

蕭峯聽她說到「姊姊、姊夫」四字，心念一動，側頭向她瞧去，但見她抬頭呆望著天邊雁羣，顯然適才這句話是無心而發，尋思：「她隨口一句話，便將我和她的親生爹娘連在一起，可見在她心中，已將我當作了最親的親人。我可不能再隨便離開她。待她病好之後，須得將她送往大理，交在她父母手中，我肩上的擔子方算交卸。」

兩人一路上談談說說。阿紫一倦，蕭峯便從馬背上將她抱下，放入後面車中，讓她安睡。到得傍晚，便在樹林中宿營。如此走了數日，已到大草原的邊緣。

阿紫放眼遙望，大草原無邊無際，甚是高興，說道：「咱們向西望是瞧不到邊了，可是眞要像茫茫大海，須得東南西北望出去都見不到邊才行。」蕭峯知她意思是要深入大草原中心，不忍拂逆其意，鞭子一揮，驅馬更向西行。

在大草原中西行數日，四方眺望，當眞已不見草原盡處。其時秋高氣爽，聞著長草的青氣，甚是暢快。草叢間諸般小獸甚多，蕭峯隨獵隨食，無憂無慮。

又行數日，這日午間，遠遠望見前面豎立著無數營帳，又有旌旗旄節，似是兵營，又似部落聚族而居。蕭峯道：「前面好多人，不知是幹甚麼的，咱們回去罷，不要多惹麻煩了。」阿紫道：「不，不！我要去瞧瞧。我雙腳不會動，怎能給你多惹麻煩？」蕭峯一笑，說道：「麻煩這東西，不一定是你自己惹來的。有時候人家惹過來，你要避也避不脫。」阿紫笑道：「咱們過去遠遠的瞧瞧，那也不妨。」

蕭峯知她小孩心性，愛瞧熱鬧，便縱馬緩緩行去。草原上地勢平坦，那些營帳雖老遠便已望見，但走將過去，路程也著實不近。走了七八里路，猛聽得嗚嗚號角之聲大起，跟著塵頭飛揚，兩列馬隊散了開來，一隊往北、一隊往南的疾馳。

蕭峯微微一驚，道：「不好，是契丹人的騎兵！」阿紫道：「是你的自己人啊，那好得很，有甚麼不好？」蕭峯道：「我又不識得他們，還是回去罷。」勒轉馬頭，便從原路回轉，沒走出幾步，便聽得鼓聲蓬蓬，又有幾隊契丹騎兵衝了上來。蕭峯尋思：「四下裏又不見有敵人，這些人是在操練陣法嗎？」

只聽得喊聲大起：「射鹿啊，射鹿啊！這邊圍上去。」西面、北面、南面，一片叫嚷射鹿之聲。蕭峯道：「他們是在圍獵，這聲勢可眞不小。」便將阿紫抱上馬背，勒定了馬，站在東首眺望。

只見契丹騎士都身披錦袍，內襯鐵甲。錦袍各色，一隊紅、一隊綠、一隊黃、一隊紫，旗幟和錦袍一色，來回馳驟，兵強馬健，煞是壯觀。蕭峯和阿紫看得暗暗喝采。衆兵各依軍令縱橫進退，挺著長矛驅趕麋鹿，見到蕭峯和阿紫二人，也只略加一瞥，不再理會。四隊騎兵分從四面圍攏，將數十頭大鹿圍在中間。偶有一頭鹿從行列空隙中逸出，便有一小隊出來追趕，兜個圈子，又將那鹿逼了回去。

蕭峯和阿紫在馬上並騎而行，一眼望將出去，大草原上旌旗招展，長長的隊伍直伸展到天際，不見盡頭，前後左右，盡是遼軍的衛士部屬。

二七　金戈盪寇鏖兵

蕭峯正觀看間，忽聽得有人大聲叫道：「那邊是蕭大爺罷？」蕭峯心想：「誰認得我了？」轉過頭來，見綠袍隊中馳出一騎，直奔而來，正是幾個月前耶律基派來送禮的那隊長室里。

他馳到蕭峯之前十餘丈處，翻身下馬，牽馬快步上前，右膝下跪，說道：「我家主人便在前面不遠。主人常說起蕭大爺，想念得緊。今日甚麼好風吹得蕭大爺來？快請去和主人相會。」蕭峯聽說耶律基便在近處，也甚歡喜，說道：「我只是隨意漫遊，沒想到我義兄便在左近，眞再好也沒有了。好，請你領路，我去和他相會。」

室里撮唇作哨，兩名騎兵乘馬奔來。室里道：「快去稟報，說長白山的蕭大爺來啦！」兩名騎兵躬身接令，飛馳而去。餘人繼續射鹿，室里卻率領了一隊綠袍騎兵，擁衛在蕭峯和阿紫身後，逕向西行。

當耶律基送來大批金銀牛羊之時，蕭峯便知他必是契丹的大貴人，此刻見了這等聲勢，料想這位義兄多半還是遼國的甚麼將軍還是大官。

草原中遊騎來去，絡繹不絕，個個衣甲鮮明。室里道：「蕭大爺今日來得眞巧，過得幾天，咱們這裏有一場好熱鬧瞧。」蕭峯向阿紫望了一眼，見她臉有喜色，便問：「甚麼熱鬧？」室里道：「過幾天是演武日。永昌、太和兩宮衛軍統領出缺。咱們契丹官兵各顯武藝，且看那一個運氣好，奪得統領。」

蕭峯一聽到比武，自然而然的眉飛色舞，神采昂揚，笑道：「那眞來得巧了，正好見識見識契丹人的武藝。」阿紫笑道：「隊長，你大顯身手，恭喜你奪個統領做做。」室里一伸舌頭，道：「小人那有這大膽子？」阿紫笑道：「奪個統領，又有甚麼了不起啦？只要我姊夫肯教你幾手功夫，說不定你便能奪得了統領。」室里喜道：「蕭大爺肯指點小人，當眞求之不得。至於統領甚麼的，小人沒這個福份，卻也不想。」

一行人談談說說，行了十數里，見前面一隊騎兵急馳而來。室里道：「是大帳皮室軍的飛熊隊到了。」那隊官兵都穿戴熊皮衣帽，黑熊皮外袍，白熊皮高帽，模樣威武。這隊兵行到近處，齊聲吆喝，同時下馬，分立兩旁，叫道：「恭迎蕭大爺！」蕭峯道：「不敢，不敢！」舉手行禮，縱馬行前，飛熊軍跟隨其後。

行了十數里，又是一隊穿戴虎皮衣帽的飛虎兵前來迎接。蕭峯心道：「我那耶律哥哥不知做甚麼大官，竟有這等排場。」然室里不說，而上次相遇之時，耶律基又堅決不肯吐露身分，蕭峯也就不問。

行到傍晚，來到一處大帳，一隊穿戴豹皮衣帽的飛豹隊迎接蕭峯和阿紫進了中央大帳。蕭峯只道一進帳中，便可與耶律基相見，豈知帳中氈毯器物甚是華麗，矮几上放滿了菜餚果物，帳中卻無主人。飛豹隊隊長道：「主人請蕭大爺在此安宿一宵，便即相見。」蕭峯扶著阿紫，坐到几邊，端起酒碗便喝。四名軍士斟酒割肉，恭謹服侍。

次晨起身又行，這一日向西走了二百餘里，傍晚又在一處大帳中宿歇。

到得第三日中午，室里道：「過了前面那個山坡，咱們便到了。」蕭峯見這座大山氣象宏偉，一條大河嘩嘩水響，從山坡旁奔流而南。一行人轉過山坡，眼前旌旗招展，一片大草原上密密層層的到處都是營帳，成千成萬騎兵步卒，圍住了中間一大片空地。護送蕭峯的飛熊、飛虎、飛豹各隊官兵取出號角，嗚嗚嗚的吹了起來。

突然間鼓聲大作，蓬蓬蓬號砲山響，空地上衆官兵向左右分開，一匹高大神駿的黃馬衝了出來，馬背上一條虬髯大漢，正是耶律基。他乘馬馳向蕭峯，大叫：「蕭兄弟，想煞哥哥了！」蕭峯縱馬迎上，兩人同時躍下馬背，四手交握，均不勝之喜。

只聽得四周衆軍士齊聲吶喊：「萬歲！萬歲！萬歲！」

蕭峯大吃一驚：「怎地衆軍士竟呼萬歲？」遊目四顧，但見軍官士卒個個躬身，抽刀拄地，耶律基攜著他手站在中間，東西顧盼，神情甚是得意。蕭峯愕然道：「哥哥，你……你是……」耶律基哈哈大笑，道：「倘若你早知我是大遼國當今皇帝，只怕便不肯和我結義爲兄弟了。蕭兄弟，我眞名字乃耶律洪基。你活命之恩，我永誌不忘。」

蕭峯雖豁達豪邁，但生平從未見過皇帝，此刻見了這等排場，不禁有些窘迫，說道：「小人不知陛下，多有冒犯，罪該萬死！」說著便即跪下。他是契丹子民，見了本國皇帝，該當跪拜。

耶律洪基忙伸手扶起，笑道：「不知者不罪，兄弟，你我是金蘭兄弟，今日只叙義氣，明日再行君臣之禮不遲。」他左手一揮，隊伍中奏起鼓樂，歡迎嘉賓。耶律洪基攜著蕭峯之手，同入大帳。

遼國皇帝所居營帳乃數層牛皮所製，飛彩繪金，燦爛輝煌，稱爲皮室大帳。耶律洪基居中坐了，命蕭峯坐在橫首，不多時隨駕文武百官進來參見，北院大王、北院樞密使、于越、南院知樞密使事、皮室大將軍、小將軍、馬軍指揮使、步軍指揮使等等，蕭峯一時之間也記不清這許多。

當晚帳中大開筵席，契丹人尊重女子，阿紫也得在皮室大帳中與宴。酒如池、肉如山，阿紫只瞧得興高采烈，眉花眼笑。

酒到酣處，十餘名契丹武士在皇帝面前撲擊爲戲，各人赤裸了上身，擒攀摔跌，激烈摶鬥。蕭峯見這些契丹武士身手矯健，膂力雄強，舉手投足之間另有一套武功，變化巧妙雖不及中原武士，但直進直擊，如用之於戰陣羣鬥，似較中原武術更爲簡明有效。

遼國文武官員一個個上來向蕭峯敬酒。蕭峯來者不拒，酒到杯乾，喝到後來，已喝了三百餘杯，仍神色自若，衆人無不駭然。耶律洪基向來自負勇力，這次爲蕭峯所擒，通國皆知，他有意要蕭峯顯示超人之能，以掩他被擒的羞辱，沒想到蕭峯不用在次日比武大會上顯示身手，此刻一露酒量，便已壓倒羣雄，人人敬服。耶律洪基大喜，說道：「兄弟，你是我遼國的第一位英雄好漢！」

阿紫忽然插口道：「不，他是第二！」耶律洪基笑道：「小姑娘，他怎麼是第二？那麼第一位英雄是誰？」阿紫道：「第一位英雄好漢，自然是你陛下了！我姊夫本事雖大，卻要順從於你，不敢違背，你不是第一嗎？」她是星宿派門人，精通諂諛之術，說這句話只牛刀小試而已。

耶律洪基呵呵大笑，說道：「說得好，說得好。蕭兄弟，我要封你一個大大的官爵，讓我來想一想，封甚麼才好？」這時他酒已喝得有八九成了，伸手指在額上彈了幾彈。蕭峯忙道：「不，不！小人性子粗疏，難享富貴，向來漫遊四方，來去不定，確實不願爲官。」耶律洪基笑道：「行啊，我封你一個只須喝酒、不用做事的大官……」一句話沒說完，忽聽得遠處嗚嗚嗚的傳來一陣尖銳急促的號角之聲。

眾遼人本來都席地而坐，飲酒吃肉，一聽到號角聲，驀然間轟的一聲，同時站起，臉上均有驚惶之色。那號角聲來得好快，初聽到時還在十餘里外，第二次響時已近了數里，第三次聲響又近數里。蕭峯心道：「天下再快的快馬，第一等的輕身功夫，也決不能如此迅捷。是了，想必是有傳遞軍情急訊的傳信站，一聽到號角聲，便傳到下一站來。」號角聲飛傳而來，一傳到皮室大帳之外，便倏然而止。數百座營帳中的官兵本在歡呼縱飲，這時突然間盡皆鴉雀無聲。

耶律洪基神色鎮定，慢慢舉起金杯，喝乾了酒，說道：「上京有叛徒作亂，咱們這就回去，拔營！」

行軍大將軍當即轉身出營發令，但聽得一句「拔營」的號令變成十句，十句變成百句，百句變成千句，聲音越來越大，卻嚴整有序，毫無驚慌雜亂。蕭峯尋思：「我大遼立國垂二百年，國威震於天下，此刻雖有內亂，卻無紛擾，可見歷世遼主統軍有方。」

但聽馬蹄聲響，前鋒斥堠兵首先馳了出去，跟著左右先鋒隊啓行，前軍、左軍、右軍，一隊隊向南開拔回京。

耶律洪基攜著蕭峯的手，二人走出帳來，阿紫跟隨在後。蕭峯見黑夜之中，每一面軍旗上都點著一盞燈籠，紅、黃、藍、綠、白各色閃爍照耀，十餘萬大軍南行，惟聞馬嘶蹄聲，竟聽不到一句人聲。蕭峯大爲歎服，心道：「治軍如此，天下有誰能敵？那日皇上孤身逞勇出獵，致爲我所擒。倘若大軍繼來，女眞人雖然勇悍，終究寡不敵衆。」

他二人一離大帳，衆護衛立即拔營，片刻間收拾得乾乾淨淨，行李輜重都裝上了駝馬大車。中軍元帥發出號令，中軍便即啓行。北院大王、于越、太師、太傅等隨侍在耶律洪基前後，衆人臉色鄭重，卻一聲不作。京中亂訊雖已傳出，到底亂首是誰，亂況如何，一時卻不明白，軍中也無人敢隨便猜測議論。

大隊人馬南行三日，晚上紮營後，第一名報子馳馬奔到，向皇帝稟報：「南院大王作亂，佔據皇宮，自皇太后、皇后以下，王子、公主以及百官家屬，均受拘禁。」

耶律洪基大吃一驚，不由得臉色大變。

遼國軍國重事，現由南北兩院分理。此番北院大王隨侍皇帝出獵，南院大王留守上京。南院大王耶律涅魯古，爵封楚王，本人倒也罷了，他父親耶律重元，乃當今皇太叔，官封天下兵馬大元帥，卻非同小可。本來遼國向例，北院治軍、南院治民，但皇太叔位尊權重，既管軍務，亦理民政。

耶律洪基的祖父耶律隆緒，遼史稱爲聖宗。聖宗長子宗眞，次子重元。宗眞性格慈和寬厚，重元則甚勇武。聖宗逝世時，遺命傳位於長子宗眞，但聖宗的皇后卻喜愛次子，陰謀立重元爲帝。遼國向例，皇太后權力甚大，其時宗眞的皇位勢將不保，性命也已危殆。但重元反將母親的計謀告知兄長，宗眞及早部署，令皇太后密謀不逞。宗眞對這兄弟自十分感激，立他爲皇太弟，宣示日後傳位於他，以酬恩德。

耶律宗眞遼史稱爲興宗，但他逝世之後，皇位卻並不傳給皇太弟重元，仍傳給自己的兒子洪基。耶律洪基接位後，心中過意不去，封重元爲皇太叔，顯示他仍是大遼國皇儲，再加封天下兵馬大元帥，上朝免拜不名，賜金券誓書，四頂帽，二色袍，尊寵之隆，當朝第一；又封他兒子涅魯古爲楚王，執掌南院軍政要務，稱爲南院大王。

當年耶律重元明明可做皇帝，卻讓給兄長，可見他既重義氣，又甚恬退。耶律洪基大舉北出圍獵，將京中軍國重務都交給了皇太叔，絲毫不加疑心。這時訊息傳來，謀反的居然是南院大王耶律涅魯古，耶律洪基不免又驚又憂，素知涅魯古性子陰鷙，處事狠辣，他既舉事謀反，他父親決無袖手之理。

北院大王奏道：「陛下且寬聖慮，想皇太叔見事明白，必不容他逆子造反犯上，說不定此刻已引兵平亂。」耶律洪基道：「但願如此。」

衆人用過晚飯，第二批報子趕到稟報：「南院大王立皇太叔爲帝，已詔告天下。」以下的話他不敢明言，將新皇帝的詔書雙手奉上。洪基接過一看，見詔書上直斥耶律洪基爲篡位僞帝，說先帝立耶律重元爲皇太弟，天下皆知，先帝駕崩，耶律洪基篡改先帝遺詔，竊據大寶，舉國共憤，現皇太弟正位爲君，並督率天下軍馬，伸逆討僞云云。

耶律洪基大怒，將詔書擲入火中，燒成了灰燼，心下憂急，尋思：「這道僞詔說得振振有詞，遼國軍民看後，恐不免人心浮動。皇太叔官居天下兵馬大元帥，手綰兵符，可調兵馬八十餘萬，何況尚有他兒子楚王南院所轄兵馬。我這裏隨駕的不過十餘萬人，寡不敵衆，如何是好？」這一晚翻來覆去，沒法安寢。

蕭峯聽說遼帝要封他爲官，本想帶了阿紫，黑夜中不辭而別，此刻見義兄面臨危難，倒不便就此一走了之，好歹也要替他出番力氣，不枉了結義一場。當晚他在營外閒步，只聽得衆官兵悄悄議論，均說父母妻子俱在上京，這一來都給皇太叔拘留了，只怕性命不保。有的思及家人，忍不住號哭。哭聲感染人心，營中其餘官兵處境相同，紛紛哭了起來。統兵將官雖極力喝阻，斬了幾名哭得特別響亮的爲徇，卻也無法阻止得住。

耶律洪基聽得哭聲震天，知軍心渙散，更增煩惱。

次日一早，探子來報，皇太叔與楚王率領兵馬五十餘萬，北來犯駕。洪基尋思：「今日之事，有進無退，縱然兵敗，也只有決一死戰。」當即召集百官商議。羣臣對耶律洪基都極忠心，願決死戰，但均以軍心爲憂。

耶律洪基傳下號令：「衆官兵出力平逆討賊，靖難之後，升官以外，再加重賞。」披起黃金甲冑，親率三軍，向皇太叔的軍馬迎去逆擊。衆官兵見皇上親臨前敵，勇氣大振，連呼萬歲，誓死效忠。十餘萬兵馬分成前軍、左軍、右軍、中軍四部，兵甲鏘鏘，向南挺進，另有小隊遊騎，散在兩翼。

蕭峯挽弓提矛，隨在耶律洪基身後，作他的親身護衞。室里帶領綠袍兵，再加一隊飛熊兵保護阿紫，居於後軍。蕭峯見耶律洪基眉頭深鎖，知他對這場戰事殊無把握。

行到中午，忽聽得前面號角聲響起。中軍將軍發令：「下馬！」衆騎兵跳下馬背，牽韁步行，只耶律洪基和各大臣仍騎在馬上。

蕭峯不解衆騎兵何以下馬，頗感疑惑。洪基笑道：「兄弟，你久在中原，不懂契丹人行軍打仗的法子罷？」蕭峯道：「正要請陛下指點。」洪基笑道：「嘿嘿，我這個陛下，不知能不能做到今日太陽下山。你我兄弟相稱，何必又叫陛下？」蕭峯聽他笑聲中頗有苦澀之意，說道：「兩軍未交，陛下不必憂心。」洪基道：「平原之上交鋒，最要緊的是馬力，人力尚在其次。」蕭峯登時省悟，道：「啊，是了！騎兵下馬是爲了免得坐騎疲勞。」洪基點了點頭，說道：「養足馬力，臨敵時衝鋒陷陣，便可一往無前。契丹人東征西討，百戰百勝，這是一個很要緊的秘訣。」

他說到這裏，前面遠處塵頭大起，揚起十餘丈高，宛似黃雲鋪地湧來。洪基馬鞭一指，說道：「皇太叔和楚王都久經戰陣，是我遼國的驍將，何以驅兵急來，不養馬力？嗯，他們有恃無恐，自信已操必勝之算。」話猶未畢，只聽得左軍和右軍同時響起號角。蕭峯極目遙望，見對方東面另有兩支軍馬，西面亦另有兩支軍馬，那是以五敵一的圍攻之勢。

耶律洪基臉上變色，下旨道：「結陣立寨！」中軍將軍縱馬出去，傳下號令，登時前軍和左軍、右軍都轉了回來，一衆軍士將幾十條大木柱用大鐵錘鎚入地下，張開皮帳，四周樹起鹿角，片刻之間，便在草原上結成了一個極大的木城，前後左右，各有騎兵駐守，數萬名弓箭手隱身大木之後，將弓弦都絞緊了，只待發箭。

蕭峯皺起了眉頭，尋思：「這一場大戰打下來，不論誰勝誰敗，我無數契丹同族都非屍橫遍野不可。最好當然是義兄得勝，倘若不幸敗了，我當設法將義兄和阿紫救到安全之地。他這皇帝呢，做不做也就罷了。」

遼帝營寨結好不久，叛軍前鋒便到，卻不上前挑戰，遙遙駐馬在強弓硬弩射不到處。但聽得鼓角聲不絕，一隊隊叛軍圍上，四面八方結成了陣勢。蕭峯放眼望去，但見遍野敵軍，不見盡頭，尋思：「義兄兵勢遠所不及，寡不敵衆，只怕非輸不可。白天不易突圍逃走，只須支持到黑夜，我便能設法救他。」但見營寨大木的影子短短的映在地下，烈日當空，正是過午不久。

只聽得呀呀數聲，一羣大雁列隊飛過天空。洪基昂首凝視半晌，苦笑道：「這當兒除非化身爲雁，否則是插翅難飛了。」北院大王和中軍將軍相顧變色，知皇帝見了叛軍軍容，已有怯意。

敵陣中鼓聲擂起，數百面皮鼓蓬蓬大響。中軍將軍叫道：「擊鼓！」御營中數百面皮鼓也蓬蓬響起。驀地裏對面軍中鼓聲一止，數萬名騎兵喊聲震天動地，挺矛衝來。

眼見敵軍前鋒衝近，中軍將軍令旗向下一揮，御營中鼓聲立止，數萬枝羽箭射出，敵軍前鋒紛紛倒地。但敵軍前仆後繼，蜂擁而上，前面跌倒的軍馬便成爲後軍的擋箭垛子。敵軍步兵弓箭手以盾牌護身，搶上前來，向御營放箭。

耶律洪基初時頗爲驚懼，一到接戰，登時勇氣倍增，站在高處，手持長刀，發令指揮。御營將士見皇上親身督戰，大呼：「萬歲！萬歲！萬歲！」敵軍聽到「萬歲」之聲，抬頭見到耶律洪基黃袍金甲，站在御營中的高台之上，在他積威之下，不由得踟躕不前。洪基見到良機，大呼：「左軍騎兵包抄，衝啊！」

左軍由北院樞密使率領，聽到皇上號令，三萬騎兵便從側面包抄過去。叛軍一猶豫間，御營軍馬已然衝到。叛軍陣腳大亂，紛紛後退。御營中鼓聲雷震，叛軍接戰片時，便即敗退。御營軍馬向前追殺，氣勢甚銳。

蕭峯大喜，叫道：「大哥，這一回咱們大勝了！」耶律洪基下得台來，跨上戰馬，領軍應援。忽聽得號角響起，叛軍主力開到，叛軍前鋒返身又鬥，霎時間羽箭長矛在空中飛舞來去，殺聲震天，血肉橫飛。蕭峯只看得暗暗心驚：「這般惡鬥，我生平從未見過。一個人任你武功天下無敵，到了這千軍萬馬之中，卻也全無用處，最多也不過自保性命而已。這等大軍交戰，武林中的羣毆比武與之相較，那是小巫見大巫了。」

忽聽得叛軍陣後鑼聲大響，鳴金收兵。叛軍騎兵退了下去，箭如雨發，射住陣腳。中軍將軍和北院樞密使率軍連衝三次，都衝不亂對方陣勢，反給射死了千餘軍士。耶律洪基下令：「士卒死傷太多，暫且收兵。」御營中也鳴金收兵。

叛軍派出兩隊騎兵衝來襲擊，中軍早已有備，佯作敗退，兩翼一合圍，將兩隊叛軍的三千名官兵盡數圍殲，餘下數百人下馬投降。耶律洪基左手一揮，御營軍士長矛揮去，將這數百人都戳死了。這一場惡鬥歷時不到一個時辰，卻殺得慘烈異常。

雙方主力各自退出數十丈，中間空地上鋪滿了屍首，傷者呻吟哀號，慘不忍聞。只見兩邊陣中各出一隊三百人的黑衣兵士，御營的頭戴黃帽，敵軍的頭戴白帽，前往中間地帶檢視傷者。蕭峯只道這些人是將傷者抬回救治，那知這些黑衣官兵拔出長刀，將對方的傷兵一一砍死。傷者盡數砍死後，六百人齊聲吶喊，相互激戰。

六百名黑衣軍個個武功不弱，長刀閃爍，奮勇惡鬥。過不多時，便有二百餘人給砍倒在地。御營的黃帽黑衣兵武功較強，給砍死的只數十人，當即成了兩三人合鬥一人的局面，這一來，勝負之數更形分明。又鬥片刻，變成三四人合鬥一人。但雙方官兵只吶喊助威，叛軍數十萬人袖手旁觀，並不增兵出來救援。終於叛軍三百名白帽黑衣兵盡數就殲，御營黑衣軍約有二百名回陣。蕭峯心道：「想來遼人規矩如此。」這一番清理戰場的惡鬥，規模雖大不如前，驚心動魄之處卻猶有過之。

耶律洪基高舉長刀，大聲叫道：「叛軍雖衆，已無鬥志。再接一仗，他們便要敗逃了！」御營官兵齊呼：「萬歲，萬歲，萬歲！」

忽聽得叛軍陣中吹起號角，五騎馬緩緩出來，居中一人雙手捧著一張羊皮，朗聲唸了起來，唸的正是皇太叔頒布的詔書：「耶律洪基篡位，乃是僞君，現下皇太叔正位，凡我遼國忠誠官兵，須當即日回京歸服，一律官升三級。」御營中十餘名箭手放箭，颼颼聲響，向那人射去。那人身旁四人舉起盾牌相護。那人繼續唸誦，突然間五匹馬均給射倒，五人躲在盾牌之後，終於唸完皇太叔的「詔書」，轉身退回。

北院大王見屬下官兵聽到僞詔後意有所動，喝道：「出去回罵！」三十名官兵上前十餘丈。二十名官兵手舉盾牌保護，此外十名乃是「罵手」，聲大喉粗，口齒便給，第一名「罵手」罵了起來，甚麼「叛國奸賊，死無葬身之地」等等，跟著第二名「罵手」又罵，罵到後來，盡是諸般污言穢語。蕭峯對契丹語所知有限，這些「罵手」的言辭他大都不懂，只見耶律洪基連連點頭，意甚嘉許，想來這些「罵手」罵得著實精采。

蕭峯向敵陣中望去，見遠處黃蓋大纛掩映之下，有兩人各乘駿馬，手持馬鞭指指點點。一人全身黃袍，頭戴沖天冠，頦下灰白長鬚，另一人身披黃金甲冑，面容瘦削，神情剽悍。蕭峯尋思：「瞧這模樣，這兩人便是皇太叔和楚王父子了。」

忽然間十名「罵手」低聲商議了一會，一齊放大喉嚨，大揭皇太叔和楚王的陰事。皇太叔似乎立身甚正，無甚可罵之處，十人所罵主要都針對楚王，說他姦淫父親妃子，仗著父親權勢爲非作歹。這些話顯是在挑撥他父子感情，十人齊聲而喊，叫罵的言語字字相同，聲傳數里，數十萬軍士中聽清楚的著實不少。那楚王鞭子一揮，叛軍齊聲大噪，大都是啊啊亂叫，喧譁呼喊，登時便將十人的罵聲淹沒了。

亂了一陣，敵軍忽然分開，推出數十輛車子，來到御營之前，車子一停，隨車的軍士從車中拉出數十個女子，有的白髮婆娑，有的方當妙齡，衣飾均甚華貴。這些女子一走出車子，雙方罵聲登時止歇。

洪基大叫：「娘啊，娘啊！兒子捉住叛徒，碎屍萬段，爲你老人家出氣。」那白髮老婦便是當今皇太后、耶律洪基的母親蕭太后，其餘的是皇后蕭后、衆嬪妃和衆公主。皇太叔和楚王乘耶律洪基出外圍獵時作亂，圍住禁宮，將皇太后等都擒了來。皇太后朗聲道：「陛下勿以老婦和妻兒爲念，奮力盪寇殺賊！」數十名軍士拔出長刀，架在衆后妃頸中。年輕的嬪妃登時驚惶哭喊。

洪基大怒，喝道：「將哭喊的女子都射死了！」只聽得颼颼聲響，十餘枝羽箭射出，哭叫呼喊的妃子紛紛中箭而死。

皇后叫道：「陛下射得好，射得好！祖宗基業決不能毀在奸賊手中。」

楚王見皇太后和皇后都如此倔強，此舉非但不能脅迫耶律洪基，反而動搖了己方軍心，發令：「押了這些女人上車，退下。」眾軍士將皇太后、皇后等又押入車中，推向陣後。楚王下令：「押敵軍家屬上陣！」

猛聽得噓噓噓竹哨吹起，聲音蒼涼，軍馬向兩旁分開，鐵鍊聲嗆啷啷不絕，一排排男女老幼從陣後牽了出來。霎時間兩陣中哭聲震天。原來這些人都是御營官兵的家屬。御營官兵是遼帝親軍，耶律洪基特加優待，准許家屬在上京居住，一來使親軍感激，有事之時可出死力，二來也是監視之意，使這一枝精銳之師出征時不敢稍起反心，那知這次出獵，竟然變起肘腋。御營官兵的家屬不下二十餘萬，解到陣前的不過兩三萬人，其中有許多是胡亂捉來而捉錯了，一時也分辨不出，但見拖兒帶女，亂成一團。

楚王麾下一名將軍縱馬出陣，高聲叫道：「御營眾官兵聽者：爾等家小，均已收捕，投降的和家屬團聚，升官三級，另有賞金。若不投降，新皇有旨，所有家屬一齊殺了。」契丹人向來殘忍好殺，說是「一齊殺了」，決非恐嚇之詞，當真是要一齊殺了的。御營中有些官兵已認出了自己親人，「爹爹，媽媽，孩子，夫君，妻啊！」兩陣中呼喚之聲，響成一片。

叛軍中鼓聲響起，二千名刀斧手大步而出，手中大刀精光閃亮。鼓聲一停，二千柄大刀便舉了起來，對準衆家屬的頭。那將軍叫道：「向新皇投降，重重有賞，若不投降，衆家屬一齊殺了！」他左手一揮，鼓聲又起。

御營衆將士知道他左手再是一揮，鼓聲停止，這二千柄明晃晃的大刀便砍了下去。這些親軍對耶律洪基向來忠心，皇太叔和楚王以「升官」和「重賞」相招，那是難以引誘，但這時眼見自己的父母子女引頸待戮，如何不驚？

鼓聲隆隆不絕，御營親軍官兵的心也怦怦急跳。突然之間，御營中有人叫道：「媽媽，媽媽，不能殺了我媽媽！」投下長矛，向敵陣前的一個老婦奔去。

跟著颼的一箭從御營中射出，正中這人後心。這人一時未死，兀自向他母親爬去。只聽得「爹娘、孩兒」叫聲不絕，御營中數百人紛紛奔出。耶律洪基的親信將軍拔劍亂斬，卻那裏止得住？這數百人一奔出，跟著便是數千。數千人之後，嘩啦啦一陣大亂，十五萬親軍之中，倒奔去了六七萬人。

耶律洪基長嘆一聲，心知大勢已去，乘著親軍和家屬抱頭相認，亂成一團，將叛軍從中隔開了，便即下令：「向西北蒼茫山退軍。」中軍將軍悄悄傳下號令，餘下未降的尚有八萬餘人，後軍轉作前軍，向西北方馳去。楚王急命騎兵追趕，但戰場上塞滿了老弱婦孺，騎兵不能奔馳，待得推開衆人，耶律洪基已率領御營親軍去得遠了。

八萬多名親軍趕到蒼茫山腳下，已是黃昏，衆軍士又飢又累，在山坡上趕造營寨，居高臨下，布陣死守。安營甫定，還未造飯，楚王已親率精銳趕到山下，立即向山坡衝鋒。御營軍士箭石如雨，將叛軍擊退。叛軍見仰攻不利，當即收兵，在山下安營。

這日晚間，耶律洪基站在山崖之旁，向南眺望，但見叛軍營中營火有如繁星，遠處有三條火龍蜿蜒而至，卻是叛軍的後續部隊前來參與圍攻。洪基心下黯然，正待入帳，北院樞密使前來奏告：「臣屬下的一萬五千兵馬，衝下山去投了叛逆。臣治軍無方，罪該萬死。」洪基揮了揮手，搖頭道：「這也怪你不得，下去休息罷！」

他轉過頭來，見蕭峯望著遠處出神，說道：「一到天明，叛軍就會大舉來攻，我輩盡成俘虜矣。我是國君，不能受辱於叛徒，當自刎以報社稷。兄弟，你乘夜自行衝了出去罷。你武藝高強，叛軍須攔你不住。」說到這裏，神色悽然，又道：「我本想大大賜你一場富貴，豈知做哥哥的自身難保，反累了你啦。」

蕭峯道：「大哥，大丈夫能屈能伸，今日戰陣不利，我保你退了出去，招集舊部，徐圖再舉。」洪基搖頭道：「我連老母妻子都不能保，又怎說得上甚麼大丈夫？契丹人眼中，勝者英雄，敗者有罪。我一敗塗地，豈能再興？你自己去罷！」

蕭峯知他所說的乃是實情，慨然道：「既然如此，那我便陪著哥哥，明日與叛寇決一死戰。你我義結金蘭，你是皇帝也好，是百姓也好，蕭某都當你是義兄。兄長有難，做兄弟的自當和你同生共死，豈有自行逃走之理？」洪基熱淚盈眶，握住他雙手，說道：「好兄弟，多謝你了。」

蕭峯回到帳中，見阿紫蜷臥在帳幕一角，睜著一雙圓圓的大眼，兀自未睡。阿紫問道：「姊夫，你怪我不怪？」蕭峯奇道：「怪你甚麼？」阿紫道：「都是我不好，若不是我定要到大草原中來遊玩，也不會累得你困在這裏。姊夫，咱們要死在這裏了，是不是？」帳外火把的紅光映在她臉上，蒼白之色中泛起一片暈紅，更顯得嬌小稚弱。

蕭峯心中大起憐意，柔聲道：「我怎會怪你？若不是我打傷了你，咱們就不會到這裏來。」阿紫微微一笑，說道：「若不是我向你發射毒針，你就不會打傷我。」

蕭峯伸出大手，撫摸她頭髮。阿紫重傷之餘，頭髮脫落了大半，又黃又稀。蕭峯輕嘆一聲，說道：「你年紀輕輕，卻跟著我受苦。」阿紫道：「姊夫，我本來不明白，姊姊爲甚麼這樣喜歡你，後來我才懂了。」

蕭峯心想：「你姊姊待我深情無限，你這小姑娘懂得甚麼。其實，阿朱爲甚麼會愛上我這粗魯漢子，連我自己也不明白，你又怎能知道？」想到此處，悽然搖頭。

阿紫側過頭來，說道：「因爲你全心全意的待人好，因此我也像姊姊一樣的喜歡你。」頓了一頓，又道：「姊夫，你猜到了沒有，爲甚麼那天我向你發射毒針？我不是要射死你，我只是要你動彈不得，讓我來服侍你。」蕭峯奇道：「爲甚麼？」阿紫微笑道：「你動不了，就永遠不能離開我了。否則的話，你心中瞧我不起，隨時就拋開我，不理睬我。」

蕭峯聽她說的雖是孩子話，卻也知不是隨口胡說，不禁暗暗心驚，尋思：「反正明天大家都死，安慰她幾句也就是了。」說道：「你眞的喜歡跟著我，儘管跟我說就是，我也不會不允。」阿紫眼中突然發出明亮的光采，喜道：「姊夫，我傷好了之後，仍要跟著你，永遠不回到星宿派師父那裏去了。你可別拋開我不理。」

蕭峯知道她在星宿派所闖的禍著實不小，料想她確然不敢回去，笑道：「你是星宿派的大師姊，你不回去，羣龍無首，那便如何是好？」阿紫格格一笑，道：「讓他們去亂成一團好了。我才不理呢！」

她低頭沉思，突然一本正經的道：「姊夫，我不是怕回去受師父責罰，他最多不過殺了我，殺就殺好了。我是捨不得離開你，我要永永遠遠陪在你身邊。在你心裏，將來也要像愛惜阿朱那樣愛惜我。」蕭峯只道這也是孩子話，況且明天陪著義兄死了，又有甚麼將來，此時不忍拂她心意，便點了點頭。阿紫雙目登時燦然生光，歡喜無限。

蕭峯拉上毛氈，蓋到她頸下，給她輕輕攏好，輕拍她背脊，哄她安睡。展開毛氈，自行在營帳的另一角睡下。帳外火光時明時滅，閃爍不定，但聽得哭聲隱隱，知是御營官兵思念家人，大家均知明晨這一仗性命難保，不過各人忠於皇帝，不肯背叛。

次晨蕭峯一早便醒了，囑咐室里隊長備好馬匹，照料阿紫，自己結束停當，吃了一斤羊肉，喝了三斤酒，走到山邊。其時四下裏尚一片黑暗，過不多時，東方曙光初現，御營中號角嗚嗚吹起，但聽得鏗鏗鏘鏘，兵甲軍刃相撞之聲不絕於耳。營中一隊隊兵馬開出，於各處衝要之處守禦。蕭峯居高臨下的望將出去，只見東、南、東南方三面人頭湧湧，盡是叛軍。一陣白霧罩著遠處，軍陣不見盡頭。

霎時間太陽於草原邊上露出一弧，金光萬道，射入白霧之中，濃露漸消，顯出霧中也都是軍馬。驀地裏鼓聲大作，敵陣中兩隊黃旗軍馳了出來，跟著皇太叔和楚王乘馬馳到山下，舉起馬鞭，向山上指點商議。

耶律洪基領著侍衞站在山邊，見到這等情景，怒從心起，從侍衞手下接過弓箭，彎弓搭箭，發箭向楚王射去。從山上望將下去，似乎相隔不遠，其實相距尚有數箭之地，這一箭沒到半途，便力盡跌落。

楚王哈哈大笑，大聲叫道：「洪基，你篡了我爹爹之位，做了這許多時候的僞帝，也該讓位了。你快快投誠，我爹爹便饒你一死，還假仁假義的封你爲皇太姪如何？哈哈哈！」這幾句話，顯然諷刺耶律洪基封耶律重元爲皇太叔乃假仁假義。

耶律洪基大怒，罵道：「無恥叛賊，還在逞這口舌之利。」

北院樞密使叫道：「主辱臣死！主上待我等恩重如山，今日正是我等報主之時。」率領三千名親兵，齊聲發喊，從山上衝了下去。這三千人都是契丹部中的勇士，此番抱了必死之心，無不以一當十，大喊衝殺，登時將敵軍衝退里許。但楚王令旗揮處，數萬軍馬圍了上來，刀矛齊施，只聽得喊聲震動天地，血肉橫飛。三千人越戰越少，鬥到後來，盡數死節。北院樞密使力殺數人，自刎而死。耶律洪基、衆將軍大臣和蕭峯等在山峯上看得明白，卻無力相救，心感北院樞密使的忠義，盡皆垂淚。

楚王又馳到山邊，笑道：「洪基，到底降不降？你這一點兒軍馬，還濟得甚事？你手下這些人都是大遼勇士，又何必要他們陪你送命？是男兒漢大丈夫，爽爽快快，降就降，戰就戰，倘若自知氣數已盡，不如自刎以謝天下，也免得多傷士卒。」

耶律洪基長嘆一聲，虎目含淚，擎刀在手，說道：「這錦繡江山，便讓了你父子罷。你說得不錯，咱們叔姪兄弟，骨肉相殘，何必多傷契丹勇士的性命？」說著舉起刀來，便往頸上勒去。

蕭峯猿臂伸出，奪過刀子，說道：「大哥，是英雄好漢，便當死於戰場，如何能自盡而死？」洪基嘆道：「兄弟，這許多將士跟隨我日久，我反正是死，不忍他們盡都跟著我送了性命。」

楚王大叫：「洪基，你還不自刎，更待何時？」手中馬鞭直指其面，囂張已極。

蕭峯見他越走越近，心念一動，低聲道：「大哥，你跟他信口敷衍，我悄悄掩近身去，射他一箭。」洪基知他了得，喜道：「如此甚好，若能先將他射死，我死也瞑目。」當即提高嗓子，叫道：「楚王，我待你父子不薄，你父親要做皇帝，也無不可，何必殺傷本國這許多軍士百姓，害得我遼國大傷元氣？」

蕭峯執了一張硬弓，十枝狼牙長箭，牽過一匹駿馬，慢慢拉到山邊，矮身轉到馬腹之下，身藏馬下，雙足鉤住馬背，手指一戳馬腹，那馬便衝了下去。山下叛軍見一匹空馬奔將下來，馬背上並無騎者，只道是軍馬斷韁奔逸，此事甚爲尋常，誰也沒加留神。但不久叛軍軍士便見到馬腹之下有人，登時大呼起來。

蕭峯以指尖戳馬，縱馬向楚王直衝過去，眼見離他約有二百步之遙，在馬腹之下拉開強弓，發箭向他射去。楚王身旁衛士舉起盾牌，將箭擋開。蕭峯縱馬疾馳，連珠箭發，第一箭射倒一名衛士，第二箭直射楚王胸膛。

楚王眼明手快，馬鞭揮出，往箭上擊來。這以鞭擊箭之術，原是他拿手本領，卻不知射箭之人不但膂力雄強，且箭上附有內勁，馬鞭雖擊到了箭桿，卻只將羽箭撥得準頭稍歪，噗的一聲，插入他左肩。楚王叫聲：「啊喲！」痛得伏在鞍上。

蕭峯羽箭又到，這一次相距更近，一箭從他左脅穿進，透胸而過。楚王身子一晃，從馬背上溜了下來。蕭峯一舉成功，心想：「我何不乘機更去射死了皇太叔！」

楚王中箭墮馬，敵陣中人人大呼，幾百枝羽箭都向蕭峯所藏身的馬匹射到，霎時之間，那馬中了二百多枝羽箭，變成了一匹刺蝟馬。

蕭峯在地下幾個打滾，溜到了一名軍官的坐騎之下，展開小巧綿軟功夫，隨即從這匹馬腹底下鑽到那一匹馬之下，一個打滾，又鑽到另一匹馬底下。衆官兵無法放箭，紛紛以長矛來刺。但蕭峯東一鑽，西一滾，盡是在馬肚子底下做功夫。敵軍官兵亂成一團，數千人馬你推我擠，自相踐踏，卻那裏刺得著他？

蕭峯所使的，只不過是中原武林中平平無奇的地堂功夫。不論是地堂拳、地堂刀，還是地堂劍，都是在地下翻滾騰挪，俟機攻敵下盤。這時他用於戰陣，眼明手快，躲過了千百隻馬蹄的踐踏。他看準皇太叔的所在，直滾過去，颼颼颼連珠三箭，向皇太叔射去。

皇太叔的衛士先前見楚王中箭，已然有備，三十餘人各舉盾牌，密密層層的擋在皇太叔身前，只聽得錚錚錚三響，三枝箭都在盾牌上撞落，蕭峯所攜的十枝箭已射出了七枝，這時只賸下三枝，眼見敵人三十幾面盾牌相互掩護，這三枝箭便要射死三名衛士也難，更不用說射皇太叔了。這時他已深入敵陣，身後數千軍士挺矛追來，面前更是千軍萬馬，實已陷入了絕境。當日他獨鬥中原羣雄，對方不過數百人，便已凶險萬分，幸得有人揮長索相救，方得脫身，今日困於數十萬人的重圍之中，卻如何逃命？

這當兒情急拚命，驀地一聲大吼，縱身而起，從那三十幾面盾牌之上縱躍而前，當提氣已盡落下時，在一人盾牌上再一蹬足，又躍了過去，終於落在皇太叔馬前。皇太叔大驚，舉馬鞭往他臉上擊落。蕭峯斜身躍起，落上皇太叔的馬鞍，左手抓住他後心，挺臂將他高高舉起，叫道：「快叫眾人放下兵刃！」皇太叔嚇得呆了，說不出話來。

這時叛軍中的擾攘之聲震耳欲聾，成千成萬的官兵彎弓搭箭，對準了蕭峯，但皇太叔遭他擒獲高舉，誰也不敢輕舉妄動。蕭峯叫道：「皇太叔有令，眾三軍放下兵刃，聽宣聖旨。皇帝寬洪大量，已赦免皇太叔和全體叛軍官兵，不論是誰，皇帝都不追究造反之罪。」他內力強勁，這幾句話蓋過了十餘萬人的喧嘩紛擾，聲聞數里，令得山前山後十餘萬官兵至少有半數人聽得清清楚楚。

蕭峯有過丐幫幫眾背叛自己的經歷，明白叛眾心思，一處逆境之後，最要緊的便是求免罪，只須對方保證決不追究，反叛鬥志便失。此刻叛軍勢大，耶律洪基身邊不過七八萬餘人馬，眾寡懸殊，決非叛軍之敵，其時局面緊急，不及向耶律洪基請旨，便大聲宣示免罪，好令叛軍安心，不再頑抗。

這幾句話朗朗傳出，眾叛軍的喧嘩聲登時靜了下來，你看看我，我看看你，人人均感惶惑無主。蕭峯情知此刻局勢極是危險，叛軍中只須有人呼叫不服，數十萬沒頭蒼蠅般的叛軍立時就會釀成巨變，當眞片刻也延緩不得，又大聲叫道：「皇帝有旨：眾叛軍中官兵不論官職大小，一概無罪，皇帝開恩，決不追究。軍官士兵各復原職，大家快快放下兵刃，不放兵刃的便即斬首！」

一片寂靜之中，忽然嗆啷啷、嗆啷啷幾聲響，有幾人擲下手中長矛。這擲下兵刃的聲音互相感染，霎時間嗆啷啷之聲大作，倒有一半人擲下兵刃。餘下的兀自躊躇不決。

蕭峯左臂將皇太叔身子高高舉起，縱馬緩緩上山，衆叛軍誰也不敢攔阻，他馬頭到處，前面便讓出一條空路來。

蕭峯騎馬來到山腰，御營中兩隊兵馬下來迎接，山峯上奏起鼓樂。

蕭峯道：「皇太叔，你快下令，叫部屬放下兵刃投降，便可饒你性命。」

皇太叔顫聲道：「你擔保饒我性命？」蕭峯向山下望去，見無數叛軍手中還執著弓箭長矛，軍心未定，凶險未過，尋思：「眼下以安定軍心爲第一要務。皇太叔一人的生死何足道哉，只須派人嚴加監守，諒他以後再也不能爲非作歹。」便道：「你戴罪立功，眼下正是良機。陛下明白都是你兒子不好，定可赦你性命。」

皇太叔原無爭奪帝位之念，都是因他兒子楚王野心勃勃而起禍，這時他身落人手，但求免於一死，便道：「好，我依你之言便了！」

蕭峯讓他安坐馬鞍，朗聲說道：「衆三軍聽者，皇太叔有言吩咐。」

皇太叔大聲道：「楚王挑動禍亂，現已伏法。皇上寬洪大量，饒了大家的罪過。各人快快放下兵刃，向皇上請罪！」叛軍長官將他的話傳了下去，皇太叔既這麼說，衆叛軍誰也不敢違抗，但聽得嗆啷啷之聲響成一片，衆叛軍都投下了兵刃。

蕭峯押著皇太叔上得蒼茫山來。耶律洪基喜不自勝，如在夢中，搶到蕭峯身邊，握著他雙手，說道：「兄弟，兄弟，哥哥這江山，以後和你共享之。」說到這裏，心神激盪，不由得流下淚來。

皇太叔跪伏在地，說道：「亂臣向陛下請罪，求陛下哀憐。」

耶律洪基此時心境好極，向蕭峯道：「兄弟，你說該當如何？」蕭峯道：「叛軍人多勢衆，須當安定軍心，求陛下赦免皇太叔死罪，好讓大家放心。」

耶律洪基笑道：「很好，很好，一切依你，一切依你！」轉頭向北院大王道：「你傳下聖旨，皇太叔免罪。封蕭峯爲楚王，官居南院大王，督率叛軍，回歸上京。」

蕭峯大驚，他殺楚王，擒皇太叔，全是爲了要救義兄之命，決無貪圖爵祿之意，耶律洪基封他這樣的大官，倒令他手足無措，一時說不出話來。北院大王向蕭峯拱手道：「恭喜，恭喜！楚王的爵位向來不封外姓，蕭大王快向皇上謝恩。」蕭峯向耶律洪基道：「哥哥，今日之事，全仗你洪福齊天，衆官兵對你輸心歸誠，叛亂方得平定，做兄弟的只不過出一點蠻力，實在算不得甚麼功勞。何況兄弟不會做官，也不願做官，請哥哥收回成命。」

耶律洪基哈哈大笑，伸右手攬著他肩頭，說道：「這楚王之封、南院大王的官位，在我遼國已是最高的爵祿，兄弟倘若還嫌不夠，一定不肯臣服於我，做哥哥的除了以皇位相讓，更無別法了。」

蕭峯一驚，心想：「哥哥大喜之餘，說話有些忘形了，眼下亂成一團，一切事情須當明快果決，不能有絲毫猶豫，我推來推去，只怕更生禍變。」只得屈膝跪下，說道：「臣蕭峯領旨，多謝萬歲恩典。」洪基笑著雙手扶起。蕭峯道：「臣不敢違旨，只得領受官爵。只是草野鄙人，不明朝廷法度，若有差失，還請皇上原宥。」

洪基在他肩頭輕拍幾下，笑道：「決無干係！」轉頭向左軍將軍耶律莫哥道：「耶律莫哥，我任你爲南院樞密使，佐輔蕭大王，勾當軍國重事。」耶律莫哥大喜，忙跪下謝恩，又向蕭峯參拜，道：「參見大王！」洪基道：「莫哥，你稟受蕭大王號令，督率叛軍回歸上京。咱們向皇太后請安去。」

山峯上奏起鼓樂，耶律洪基一行向山下走去。叛軍的領兵將軍已將皇太后、皇后等請出，恭恭敬敬的在營中安置。洪基進得帳去，母子夫妻相見，死裏逃生，恍如隔世，自是人人稱讚蕭峯的大功。

耶律莫哥先行，引導蕭峯去和南院諸部屬相見。適才蕭峯在千軍萬馬中一進一出，勇不可當，衆人俱是親見。南院諸屬官軍雖均是楚王舊部，但一來蕭峯神威凜凜，各人一見便怕，不敢不服，又都敬他英雄了得；二來自己作亂犯上，這是殺頭滅族的大罪，心中都好生惶恐；三來楚王平素脾氣暴躁，無恩於衆，是以蕭峯一到軍中，衆叛軍肅然敬服，齊聽號令。

蕭峯說道：「皇上已赦免各人從逆反叛之罪，此後大夥兒該當痛改前非，再也不可稍起貳心。」一名白鬚將軍上前說道：「稟告大王：皇太叔和世子扣押我等家屬，脅迫我等附逆，我等倘若不從，世子便將我等家屬斬首，事出無奈，還祈大王奏明萬歲。」

蕭峯點頭道：「既是如此，以往之事，那也不用說了。」轉頭向耶律莫哥道：「衆軍就地休息，飽餐之後，拔營回京。」

當下南院部屬一個個依著官職大小，上來參見。蕭峯雖從來沒做過官，但他久為丐幫幫主，統率羣豪，自有一番威嚴。帶領丐幫豪傑和契丹大豪，其間也無太大差別。只遼軍中另有一套規矩，蕭峯英明精幹，小心在意，另由耶律莫哥分派處理，一切井井有條。

蕭峯帶領大軍出發不久，皇太后和皇后分別派了使者，到軍中賜給袍帶金銀。蕭峯謝恩甫畢，室里護著阿紫到了。她身披錦衣，騎著駿馬，說道均是皇太后所賜。蕭峯見她小小的身體裹在寬大的錦袍之中，一張小臉倒給衣領遮去了一半，不禁好笑。

阿紫沒親眼見到蕭峯射殺楚王、生擒皇太叔，只從室里等人口中轉述而知。大凡述說往事，總不免加油添醬，將蕭峯的功績更說得神乎其神，加了三分。阿紫一見到他，便埋怨道：「姊夫，你立了這樣大功，怎麼事先也不跟我說一聲，否則我站在山邊，親眼瞧著你殺進殺出，豈不開心？這下卻讓我爲你躭心得要命。」蕭峯道：「這是僥倖立下的功勞，事先我怎知道？你一見面便來說孩子話。」阿紫道：「姊夫，你過來。」

蕭峯縱馬馳近她身邊，見她蒼白的臉上發著興奮的紅光，經她身上的錦繡衣裳一襯，倒像是個玩偶娃娃一般，又滑稽，又可愛，忍不住哈哈大笑。

阿紫臉有慍色，嗔道：「我跟你說正經話，有甚麼好笑？」蕭峯笑道：「我見你穿著這樣的衣服，像是個玩偶娃娃一般，很是有趣。」阿紫嗔道：「你老當我是小孩子，卻來取笑我。」蕭峯笑道：「不是，不是！阿紫，這一次我只道咱二人都要死了，那知竟能死裏逃生，我自然歡喜。甚麼南院大王、楚王的封爵，我才不放在心上，能夠活著不死，那就好得很了。」

阿紫道：「姊夫，你也怕死麼？」蕭峯一怔，點頭道：「遇到危險之時，自然怕死。」阿紫道：「我只道你是英雄好漢，不怕死的。你既然怕死，衆叛軍千千萬萬，你怎麼膽敢衝過去？」蕭峯道：「這叫做置之死地而後生。我倘若不衝，就非死不可。那也說不上甚麼勇敢不勇敢，只不過是困獸猶鬥而已。咱們圍住了一頭大熊、一隻老虎，牠逃不出去，自然會拚命的亂咬亂撲。」阿紫嫣然一笑，道：「你將自己比作畜生了。」

兩人乘在馬上，並騎而行，一眼望將出去，大草原上旌旗招展，長長的隊伍行列直伸展到天際，不見盡頭，前後左右，盡是遼軍的衛士部屬。

阿紫心中歡喜，說道：「那日你幫我奪得了星宿派傳人之位，我想星宿派中二代弟子、三代弟子數百人之衆，除師父一人之外，算我最大，心裏倒挺得意。可是比之你統帥千軍萬馬，那就全比不上了。姊夫，丐幫不要你做幫主，哼，小小一個丐幫，有甚麼希罕？你帶領人馬，去將他們都殺了，那也容易得很。」

蕭峯連連搖頭，道：「孩子話！我是契丹人，漢人的丐幫不要我做幫主，道理也是對的。丐幫中人都是我的舊部朋友，怎麼能將他們殺了？」阿紫道：「他們逐你出幫，對你不好，自然要將他們殺了。姊夫，難道他們還是你的朋友麼？」

蕭峯一時難以回答，只搖了搖頭，想起在聚賢莊上和衆舊友斷義絕交，又想起在馬大元家中，丐幫諸人爲了維護丐幫聲名，仍將罪愆加在他頭上，不由得豪氣登消。

阿紫又問：「倘若他們聽說你做了遼國的南院大王，忽然懊悔起來，又接你去做丐幫幫主，你去也不去？」蕭峯微微一笑，道：「天下那有這道理？大宋的英雄好漢，都當契丹人是萬惡不赦的奸徒，我在遼國官越做得大，他們越恨我。」阿紫道：「呸！有甚麼希罕？他們恨你，咱們也恨他們。」她說「咱們」，倒似自己也成了契丹姑娘。

蕭峯極目南望，但見天地相接處遠山重疊，心想：「過了這些山嶺，那便是中原了。」他雖是契丹人，但自幼在中原長大，內心實是愛大宋極深而愛遼國甚淺，如丐幫讓他做一名無職份、無名份的光袋弟子，只怕比之在遼國做甚麼南院大王更爲心安理得。

阿紫又道：「姊夫，我說皇上眞聰明，封你做南院大王。以後遼國跟人打仗，你領兵出征，當然百戰百勝。你只要衝進敵陣，將對方的元帥一拳打死，敵軍大夥兒就拋下刀槍，跪下投降，這仗不就勝了嗎？」

蕭峯微笑道：「皇太叔的部下都是遼國官兵，向來聽從皇上號令的，楚王一死，皇太叔遭擒，大家便投降了。如果兩國交兵，那便大大不同。殺了敵方元帥，有副元帥，殺了大將軍，還有偏將軍，人人死戰到底。我單槍匹馬，那就全然的無能爲力。」

阿紫點頭道：「嗯，原來如此。姊夫，你說衝進敵陣、射殺楚王、生擒皇太叔，還不算勇敢，那麼你一生眞正最勇敢的事是甚麼？說給我聽，好不好？」

蕭峯向來不喜述說自己得意的武勇事蹟，從前在丐幫之時，出馬誅殺巨憝大敵，不論如何激戰惡鬥，回到本幫後只輕描淡寫的說一句：「已將某某人殺了。」至於種種驚險艱難的經過，不論旁人如何探詢，他是決計不說的，這時聽阿紫問起，心想這一生身經百戰，臨敵時從不退縮，勇敢之事當眞說不勝說，便道：「我和人相鬥，大都是被迫而爲，既不得不鬥，也就說不上勇敢。」

阿紫道：「我卻知道。你生平最勇敢的，是聚賢莊一場惡鬥。」蕭峯一怔，問道：「你怎麼知道？」

阿紫道：「那日在小鏡湖畔，你走了之後，爹爹、媽媽，還有爹爹手下的那些人，大家說起你來，對你的武功都佩服得了不得，然而說你單身赴聚賢莊英雄大會，獨鬥羣雄，只不過爲了醫治一個少女之傷。這個少女，自然是我姊姊了。他們那時不知阿朱是爹爹媽媽的親生女兒，說你對義父義母和受業恩師十分狠毒，對女人偏偏情長；忘恩負義，殘忍好色，是個不近人情的壞蛋。」說到這裏，格格的笑了起來。

蕭峯喃喃的道：「嘿，『忘恩負義！殘忍好色！』中原英雄好漢，給蕭峯的是這八個字評語。」阿紫安慰他道：「姊夫，你別氣惱。我媽媽卻大大讚你呢，說一個男人只要情長，就是大好人，別的幹甚麼都不打緊。她說我爹爹也是忘恩負義，殘忍好色，只不過他是對情人好色負義，對女兒殘忍忘恩，說甚麼也不及你。我在一旁拍手贊成。」

蕭峯苦笑搖頭。

大軍行了數日，來到上京。京中留守的百官和百姓早已得到訊息，遠遠出來迎接。蕭峯帥字旗到處，衆百姓燒香跪拜，稱頌不已。他一舉敉平這場大禍變，使無數遼國軍士得全性命，上京百姓有不少是御營親軍和叛軍的家屬，自對他感激無盡。蕭峯按轡徐行，衆百姓大叫：「多謝南院大王救命！」「老天爺保祐南院大王長命百歲，大富大貴！」

蕭峯聽著這一片稱頌之聲，見衆百姓大都眼中含淚，感激之情，確是出於至誠，尋思：「一人身居高位，一舉一動便關連萬千百姓的禍福，我去射殺楚王之時，只是逞一時剛勇，既救義兄，復救自己，想不到對衆百姓卻有這樣大的好處。唉，在中原時我一意求好，偏偏怨謗叢集，成爲江湖上第一大奸大惡之徒。來到北國，無意之間卻成爲衆百姓的救星。是非善惡，實在難說得很！」

又想：「此處是我父母之邦，當年我爹爹、媽媽必曾常在這條大路上來去。唉，我既不知爹娘形貌，他們當年如何在此並騎馳馬，更加無法想像。」

上京是遼國京都（即今內蒙自治區臨潢）。其時遼國是天下第一大國，比大宋強盛得多，疆域也較大宋大了一倍。但契丹人以遊牧爲生，居無定所，上京城中民居、店鋪、市肆粗鄙簡陋，比之中原大爲不如，文化器用更遠遠不及。

南院屬官將蕭峯迎入楚王府，府第宏大，屋內陳設也異常富麗堂皇。蕭峯一生貧困，那裏住過這等府第？進去走了一遭，便覺不慣，命部屬在軍營中豎立兩個營帳，他與阿紫分居一個，起居簡樸，一如往昔。

第三日上，耶律洪基和皇太后、皇后、嬪妃、公主等回駕上京，蕭峯率領百官接駕。朝中接連忙亂了數日。先是慶賀平難，論功行賞，撫卹北院樞密使等死難官兵的家屬。皇太叔雖蒙赦宥，自覺無顏，已在途中自盡而死。洪基倒也信守諾言，對附逆的官兵一概不加追究，只誅殺了楚王屬下二十餘名創議為叛的首惡。皇宮中大開筵席，犒勞出力的將士，接連大宴三日。蕭峯自是成了席上的第一位英雄。遼帝、皇太后、皇后、衆嬪妃、公主的賞賜，以及文武百官的餽贈，堆積如山。

皇太后和皇后得知蕭峯是后族人氏，大為欣喜，問起他的出身來歷。蕭峯卻瞠目難答，雖知自己父親名叫蕭遠山，當年是皇后麾下屬珊大帳的親軍總教習，但恐說了出來，牽扯甚多，既不知父母親屬現下尚有何人，與皇太后、皇后是親是疏，而如朝廷得知自己父母是為宋人所害，說不定要興兵南下為己報仇。他便推說自己從小給宋人擄去，不知身世，含含糊糊的推搪了事。

犒賞已畢，蕭峯到南院視事。遼國數十個部族的族長一一前來參見，甚麼烏隗部、伯德部、北剋部、南剋部、室韋部、梅古悉部、五國部、烏古拉部，一時也記之不盡。跟著是皇帝所部大帳皮室軍軍官，皇后所部屬珊軍軍官，弘寧宮、長寧宮、永興宮、積慶宮、延昌宮等各宮衛的軍官紛紛前來參見。遼國的屬國共五十九國，計有吐谷渾、突厥、黨項、沙陀、波斯、大食、回鶻、吐蕃、高昌、高麗、于闐、敦煌等等，聲威及於萬里之外。各國有使臣在上京的，得知蕭峯用事，掌握軍國重權，都來贈送珍異器玩，討好結納。蕭峯每日會晤賓客，接見部屬，眼中所見，盡是金銀珍寶，耳中所聞，無非諂諛稱頌，不由得甚感厭煩。

如此忙了一月有餘，耶律洪基在便殿召見，說道：「兄弟，你的職份是南院大王，須當坐鎮南京，俟機進討中原。做哥哥的雖不願跟你分離，但爲了建立千秋萬世的奇功，你還是早日領兵南下罷！」蕭峯聽得皇上命他領兵南征，心中一驚，稟道：「陛下，南征乃國家大事，非同小可。蕭峯一勇之夫，軍略實非所長。」

洪基笑道：「我國新經禍變，須當休養士卒。大宋現下太后當朝，重用司馬光，朝政修明，無隙可乘，咱們原不是要在這時候南征。兄弟，你到得南京，時時刻刻將吞併南朝這件事放在心頭。咱們須得待釁而動，看到南朝有甚麼內變，那就大兵南下。要是他內部好好的，我國派兵攻打，這就用力大而收效少了。」

蕭峯應道：「是，原該如此。」洪基道：「可是咱們怎知南朝是否內政修明，百姓是否人心歸附？」蕭峯道：「要請陛下指點。」洪基哈哈大笑，道：「自古以來，都是一般，多用金銀財帛去收買奸細間諜啊。南人貪財，卑鄙無恥之徒不少，好在南朝每年貢來歲幣，銀兩絹帛、金珠財寶甚多，我儘量撥付給你。你命南院樞密使不惜財寶，多多收買南人奸細便是。」

蕭峯答應了，辭出宮來，心下煩惱。他自來所結交的都是英雄豪傑，儘管江湖上暗算陷害、埋伏下毒等等詭計也見得多了，但均是爽爽快快殺人放火的勾當，極少用金銀去收買旁人。何況他雖是遼人，自幼卻在南朝長大，皇帝要他以吞滅宋朝爲務，心下極不願意，尋思：「哥哥封我爲南院大王，總是一片好意，我若此刻辭官，未免辜負他一番盛情，有傷兄弟義氣。待我到得南京，做他一年半載，再行請辭便了。那時他如不准，我掛冠封印，一溜了之，諒他也奈何我不得。」當下率領部屬，攜同阿紫來到南京。

遼時南京，便是今日的北京，當時稱爲燕京，又稱幽都，爲幽州之都。後晉石敬塘自立稱帝，得遼國全力扶持，石敬塘便割燕雲十六州以爲酬謝。燕雲十六州爲幽、薊、涿、順、檀、瀛、莫、新、媯、儒、武、蔚、雲、應、寰、朔，均是冀北、晉北的高原要地。自從割予遼國之後，後晉、後周、宋朝三朝歷年與之爭奪，始終沒法收回。燕雲十六州佔據形勝，遼國駐以重兵，每次向南用兵，長驅而下，一片平陽之上，大宋無險可守。宋遼交兵百餘年，宋朝難得一勝，兵甲不如固是主因，而遼國居高臨下以控制戰場，亦佔到了極大便宜。

蕭峯進得城來，見南京城街道寬闊，市肆繁華，遠勝上京，來來往往的都是南朝百姓，所聽到的也盡是中原言語，恍如回到了中土一般。蕭峯和阿紫都很歡喜，次日輕車簡從，在市街各處遊觀。

燕京城方三十六里，共有八門。東是安東門、迎春門；南是開陽門、丹鳳門；西是顯西門、淸晉門；北是通天門、拱辰門。兩道北門所以稱為通天、拱辰，意思是說臣服於遼，聽從來自北面的皇帝聖旨。南院大王的王府在城之西南。蕭峯和阿紫遊得半日，但見坊市、廨舍、寺觀、官衙，密布四城，一時觀之不盡。

蕭峯官居南院大王，燕雲十六州固屬他管轄，便西京道大同府一帶、中京道大定府一帶，也俱奉他號令。威望既重，就不便再在小小營帳中居住，只得搬進了王府。他視事數日，便覺頭昏腦脹，深以為苦，見南院樞密使耶律莫哥精明強幹，熟習政務，便將一應事務都交了給他。

然而做大官畢竟也有好處，王府中貴重的補品藥物不計其數，阿紫直可拿來當飯吃。如此調補，她內傷終於日痊一日，到得初冬，已自可以行走了。她在燕京城內遊了多遍，跟著又由室里隨侍，城外十里之內也都遊遍了。

這一日大雪初晴，阿紫穿了一身貂裘，來到蕭峯所居的宣教殿，說道：「姊夫，我在城裏悶死啦，你陪我打獵去。」蕭峯久居宮殿，也自煩悶，聽她這麼說，心下甚喜，當即命部屬備馬出獵。他不喜大舉打圍，只帶了數名隨從服侍阿紫，自己換了尋常軍士所穿的羊皮袍子，帶了弓箭，跨了匹駿馬，便和阿紫出淸晉門向西馳去。

一行人離城十餘里，野獸甚少，只打到幾隻小兔子。蕭峯道：「咱們到南邊試試。」

勒轉馬頭，折而向南，又行出二十餘里，只見一隻麞子斜刺裏奔出來。阿紫從隨從手裏接過弓箭，一拉弓弦，豈知臂上全無力氣，這張弓竟拉不開。蕭峯左手從她身後環過去，抓住弓身，右手握著她小手拉開弓弦，一放手，颼的一聲，羽箭射出，麞子應聲而倒。衆隨從歡呼起來。

蕭峯放開了手，向阿紫微笑而視，只見她眼中淚水盈盈，奇道：「怎麼啦？不喜歡我幫你射野獸麼？」阿紫淚水從面頰上流下，說道：「我……我成了個廢人啦，連這樣一張輕弓也……也拉不開。」蕭峯慰道：「別這麼性急，慢慢的自會回復力氣。要是將來眞的不好，我傳你修習內功之法，定能增加力氣。」阿紫破涕爲笑，道：「你說過的話，可不許不算，一定要教我內功。」蕭峯道：「好，好，一定教你。」阿紫笑道：「那我該叫你姊夫呢，還是叫師父？」蕭峯道：「叫慣了的，別改口罷！」

說話之間，忽聽得南邊馬蹄聲響，一大隊人馬從雪地中馳來。蕭峯向蹄聲來處遙望，見這隊人都是遼國官兵，卻不打旗幟。衆官兵喧嘩歌號，甚是歡忭，馬後縛著許多俘虜，似是打了勝仗回來一般。蕭峯尋思：「咱們並沒跟人打仗啊，這些人從那裏交了鋒來？」見一行官兵偏東回城，便向隨從道：「你去問問，是那一隊人，幹甚麼來了？」

那隨從應命，跟著道：「是兄弟們打草穀回來啦。」縱馬向官兵隊奔去。他馳到近處，說了幾句話。衆官兵聽得南院大王在此，大聲歡呼，紛紛下馬，牽韁在手，快步走到蕭峯身前，躬身行禮，齊聲叫道：「大王千歲！」

蕭峯舉手還禮，道：「罷了！」見這隊官兵約有八百餘人，馬背上放滿了衣帛器物，牽著的俘虜也有七八百人，大都是年輕女子，也有些少年男子，穿的都是宋人裝束，個個哭哭啼啼。

那隊長道：「今日輪到我們那黑拉篤隊出來打草穀，托大王的福，收成著實不錯。」回頭喝道：「大夥兒把最美貌的少年女子，最好的金銀財寶，通統都獻了出來，請大王千歲揀用。」衆官兵齊聲應道：「是！」將二十多個少女推到蕭峯馬前，又有許多金銀飾物之屬，紛紛堆到一張毛氈上。衆官兵望著蕭峯，目光中流露出崇敬企盼之色，顯覺南院大王若肯收用他們奪來的女子玉帛，實是莫大榮耀。

當日蕭峯在雁門關外，曾見到大宋官兵俘虜契丹子民，這次又見到契丹官兵俘虜大宋子民，被俘者的悽慘神情，一般無異。他在遼國居官多時，已略知遼國的軍情。遼國朝廷對軍隊不供糧秣，也無餉銀，官兵一應所需，都是向敵人搶奪而得，每日派出部隊去向大宋、西夏、女眞、高麗各鄰國的百姓搶劫，名之爲「打草穀」，其實與強盜無異。宋朝官兵便也向遼人「打草穀」，以資報復。是以邊界百姓，困苦異常，每日裏提心吊膽，朝不保夕。蕭峯一直覺得這法子殘忍無道，只是自己並沒打算長久做官，向耶律洪基敷衍得一陣，便要辭官隱居，因此於任何軍國大事，均沒提出甚麼主張，這時親眼見到衆俘虜的慘狀，不禁惻然，問隊長道：「在那裏打來的……打來的草穀？」

那隊長恭恭敬敬的道：「稟告大王：是在涿州境外、大宋地界雄州一帶打的草穀。自從大王來後，屬下不敢再在本州就近收取糧草。」

蕭峯心道：「聽他的話，從前他們便在本州劫掠宋人。」向馬前的一個少女用漢語問道：「你是那裏人？」那少女當即跪下，哭道：「小女子是張家村人氏，求大王開恩，放小女子回家，與父母團聚。」蕭峯抬頭向旁人瞧去。數百名俘虜都跪了下來，人叢中卻有一個少年直立不跪。

這少年約莫十六七歲年紀，臉型瘦長，下巴尖削，神色閃爍不定，蕭峯便問：「少年，你家住在那裏？」那少年道：「我有一件秘密大事，要面稟於大王。」蕭峯道：「好，你過來說。」那少年雙手給粗繩縛著，道：「請你遠離部屬，此事不能讓旁人聽見。」蕭峯好奇心起，尋思：「這樣一個少年，能知道甚麼機密大事？是了，他從南邊來，或許有甚麼大宋的軍情可說。」他是宋人，向契丹稟告機密，便是無恥漢奸，心中瞧他不起，不過他既說有重大機密，聽一聽也無妨，於是縱馬行出十餘丈，招手道：「你過來！」

那少年跟了過去，舉起雙手，道：「請你割斷我手上繩索，我懷中有物呈上。」蕭峯拔出腰刀，直劈下去，這一刀劈下去的勢道，直要將他身子劈爲兩半，但落刀部位準極，只割斷了縛住他雙手的繩子。那少年吃了一驚，退出兩步，向蕭峯呆呆凝視。蕭峯微微一笑，還刀入鞘，問道：「甚麼東西？」那少年探手入懷，摸了一物在手，說道：「你一看便知。」說著走向蕭峯馬前。蕭峯伸手去接。

突然之間，那少年將手中之物猛往蕭峯臉上擲來。蕭峯馬鞭揮出，將那物擊落，白粉飛濺，卻是個小小布袋。那小袋掉在地下，白粉濺在袋周，原來是個生石灰包。這是江湖上下三濫盜賊所用的卑鄙無恥之物，若給擲在臉上，生石灰末入眼，雙目便瞎。

蕭峯哼了一聲，心想：「這少年大膽，原來不是漢奸。」點頭道：「你叫甚麼名字？爲何起心害我？」那少年嘴唇緊緊閉住，並不答話。蕭峯和顏悅色的道：「你好好說來，我可饒你性命。」那少年道：「我爲父母報仇不成，更有甚麼話說。」蕭峯道：「你父母是誰？難道是我害死的麼？」

那少年走上兩步，滿臉悲憤，指著蕭峯大聲道：「喬峯你這惡賊！你害死我爹爹、媽媽，害死我伯父，我……我恨不得把你抽筋剝皮，碎屍萬段！」

蕭峯聽他叫的是自己舊日名字「喬峯」，又說害死了他父母和伯父，定是從前在中原所結下的仇家，問道：「你伯父是誰？父親是誰？」

那少年道：「反正我不想活了，也要叫你知道，我聚賢莊游家的男兒，並非貪生怕死之輩。」蕭峯「哦」了一聲，道：「原來你是游氏雙雄的子姪，令尊是游駒游二爺嗎？」頓了一頓，又道：「當日我在貴莊受中原羣雄圍攻，被迫應戰，事出無奈。令尊和令伯父均是自刎而死。」說到這裏，搖了搖頭，說道：「唉，自刎還是被殺，原無分別。當日我奪了你伯父和爹爹的兵刃，以至逼得他們自刎。你叫甚麼名字？」

那少年挺了挺身子，大聲道：「我叫游坦之。我不用你來殺，我會學伯父和爹爹的好榜樣！」說著右手伸入褲筒，摸出一柄短刀，便往自己胸口揷落。蕭峯馬鞭揮出，捲住短刀，奪過了刀子。游坦之大怒，罵道：「我要自刎也不許嗎？你這該死的遼狗，忒也狠毒！」

這時阿紫已縱馬來到蕭峯身邊，喝道：「你這小鬼，膽敢出口傷人？你想死麼？嘿嘿，可沒這麼容易！」游坦之突然見到這樣一個淸秀美麗的姑娘，一呆之下，說不出話來。阿紫道：「小鬼，做瞎子的滋味挺美，待會你就知道了。」轉頭向蕭峯道：「姊夫，這小子歹毒得緊，想用石灰包害你，咱們便用這石灰包先廢了他一雙招子再說。」

蕭峯搖搖頭，向領兵的隊長道：「今日打草穀得來的宋人，都給了我成不成？」那隊長不勝之喜，道：「大王賞臉，多謝大王恩典。」蕭峯吩咐：「凡是獻了俘虜給我的官兵，回頭都到王府領賞。」衆官兵都歡歡喜喜的道：「咱們誠心獻給大王，不用領賞了。」蕭峯道：「你們將俘虜留下，先回城去罷，各人記著前來領賞。」衆官兵躬身謝道。那隊長道：「這兒野獸不多，大王要拿這些宋豬當活靶嗎？從前楚王就喜歡這一套。只可惜我們今日抓的多是娘們，逃不快。下次給大王多抓些精壯的宋豬來。」說著行了一禮，領兵去了。

「要拿這些宋豬當活靶」這幾句話鑽入耳中，蕭峯心頭不禁一震，眼前似乎便見到了楚王當年的殘暴舉動：幾百個宋人像野獸一般在雪地上號叫奔逃，契丹貴人哈哈大笑，彎弓搭箭，一個個射死。有些宋人逃得遠了，契丹人騎馬呼嘯，自後趕去，就像射鹿射狐一般，終於還是一一射死。這種慘事，契丹人隨口說來，絲毫不以爲異，過去自必習以爲常。放眼向那羣俘虜瞧去，只見人人臉如土色，在寒風中不住顫抖。這些邊民有的懂得契丹話，早就聽過「射活靶」的事，這時更加嚇得魂不附體。

蕭峯悠悠一聲長嘆，向南邊重重疊疊的雲山望去，尋思：「若不是有人揭露我的身世之謎，我直至今日，還道自己是大宋百姓。我和這些人說一樣的話，吃一樣的飯，又有甚麼分別？爲甚麼大家好好的都是人，卻要強分爲契丹、大宋、女眞、高麗？你到我境內來打草穀，我到你境內去殺人放火；你罵我遼狗，我罵你宋豬。」一時之間，思湧如潮。

眼見出來打草穀的官兵已去得不見人影，以漢語向衆難民道：「今日放你們回去，大家快快走罷！」衆俘虜還道蕭峯要令他們逃走，然後發箭射殺，都遲疑不動。蕭峯又道：「你們回去之後，最好遠離邊界，免得又讓人打草穀捉來。我救得你們一次，可救不得第二次。」

眾難民這才信是真，歡聲雷動，紛紛跪下磕頭，說道：「大王恩德如山，小民回家去供奉你的長生祿位。」他們早知宋民給遼兵打草穀俘去之後，除非是富庶人家，才能以金帛贖回，否則人人死於遼地，屍骨不得還鄉。宋遼連年交鋒，有錢人家早就逃入了內地。這些遭俘的邊民皆是窮人，那有金帛前來取贖？早知自己命運已然牛馬不如，這位遼國大王竟肯放他們回家，當真萬萬意想不到。

蕭峯見眾難民滿臉喜色，相互扶持南行，尋思：「我契丹人將他們捉了來，再放他們回去，令他們一路上擔驚受怕，又吃了許多苦頭，於他們又有甚麼恩德？」

但見眾難民漸行漸遠，那游坦之仍直挺挺站著，便問：「你怎麼不走？你回歸中原，有盤纏沒有？」說著伸手入懷，想取些金銀給他，但身邊沒帶錢財，一摸之下，隨手取了個油布小包出來。他心中一酸，小包中包的是一部梵文《易筋經》，當日阿朱從少林寺中盜了出來，強要自己收著，如今人亡經在，如何不悲？隨手將小包放回懷中，說道：「我今日出來打獵，沒帶錢財，你如沒錢使用，可跟我到城裏去取。」

游坦之大聲道：「姓喬的，你要殺便殺，姓游的就是窮死，又豈能使你的一文錢？」

蕭峯一想不錯，自己是他的殺父仇人，這種不共戴天的深仇無可化解，多說也是無用，便道：「我不殺你！你要報仇，隨時來找我便了。」

阿紫忙道：「姊夫，放他不得！這小子儘使卑鄙下流手段，須得斬草除根！」蕭峯搖頭道：「江湖上處處荊棘，步步凶險，我也這麼走過來了。諒這少年也傷不了我。我當日激得他伯父與父親自刎，實是出於無心，但這筆血債總是我欠的，何必又害游氏雙雄的子姪？」說到這裏，只感意興索然，又道：「咱們回去罷，今天沒甚麼獵可打。」

阿紫嘟起小嘴，但不敢違拗蕭峯的話，掉轉馬頭，和蕭峯並轡回去，行出數丈，回頭道：「小子，你去練一百年功夫，再來找我姊夫報仇！」說著嫣然一笑，揚鞭疾馳而去。

游坦之突然伸出手臂，抓住了馴獅人的後頸，使勁推出，將他的腦袋硬生生的塞入了獅籠。雄獅一聲大吼，撲了上來，將馴獅人的腦袋咬去了半邊。

二八　草木殘生顱鑄鐵

游坦之見蕭峯等一行直向北去，始終不再回轉，才知自己不會死了，尋思：「這奸賊爲甚麼不殺我？哼，他壓根兒便瞧我不起，覺得殺了我汚手。他……他在遼國做了甚麼大王，我今後報仇，可更加難了。但總算找到了這奸賊的所在。」

俯身拾起石灰包，又去尋找給蕭峯用馬鞭奪去後擲開的短刀，忽見左首草叢中有個油布小包，正是蕭峯從懷中摸出來又放回的，當即拾起，打開油布，見裏面是一本書，隨手翻閱，每一頁上都寫滿了彎彎曲曲的文字，沒一字識得。原來蕭峯睹物思人，怔忡不定，將這本《易筋經》放回懷中之時，沒放得穩妥，乘在馬上略一顚動，便摔入了草叢，竟沒發覺。

游坦之心想：「這多半是契丹文字，那奸賊隨身攜帶這本書，於他定大有用處。我偏不還他。」隱隱感到一絲復仇的快意，將書本包回油布，放入懷中，逕向南行。

他自幼便跟父親學武，苦於身體瘦弱，膂力不強，與游氏雙雄剛猛的外家武功路子全然不合，學了三年武功，進展極微，渾沒半分名家子弟的模樣。他學到十二歲上，游駒灰了心，和哥哥游驥商量。兩人均道：「我游家子弟出了這般三腳貓的把式，豈不讓人笑歪了嘴巴？別人一聽他是聚賢莊游氏雙雄子姪，不動手則已，一出手便使全力，第一招便送了他小命。還是讓他乖乖的學文，以保性命爲是。」於是游坦之到十二歲上，便不再學武，游駒請了個宿儒教他讀書。但他讀書也不肯用心，不斷將老師氣走，游駒也不知打了他幾十頓，但這人越打越執拗頑皮。游駒見兒子不肖，長嘆之餘，也只好放任不理。是以游坦之今年一十八歲，雖出自名門，卻文既不識，武又不會。待得伯父和父親自刎身亡，母親撞柱殉夫，他孤苦伶仃，到處遊蕩，一心便是要找喬峯報仇。

那日聚賢莊大戰，他躲在照壁後觀戰，對喬峯的相貌形狀瞧得清清楚楚，聽說他是契丹人，便渾渾噩噩的北來，在江湖上見到一個小毛賊投擲石灰包傷了敵人雙眼，覺得這法子倒好，便學樣做了一個，放在身邊。他在邊界亂闖亂走，給契丹兵出來打草穀時捉了去，居然遇到蕭峯，石灰包也居然投擲出手，也算湊巧之極。

他低了頭信步亂走，尋思：「我想法去捉一條毒蛇或是大蜈蚣來，去偷偷放在他床上，他睡進被窩，便一口咬死了他。那個小姑娘……那個小姑娘，唉，她……她這樣好看！」一想到阿紫的形貌，胸口莫名其妙的發熱，只想：「不知甚麼時候，能再見到這臉色雪白、苗條秀美的小姑娘。」

正在胡思亂想，忽聽得馬蹄聲響，雪地中三名契丹騎兵縱馬馳來，見到了他，便歡聲大呼。一名契丹兵揮出一個繩圈，唰的一聲，套在他頸中，拉扯收緊。游坦之忙伸手去拉。那契丹兵一聲呼嘯，猛地縱馬奔跑。游坦之立足不定，俯身摔倒，給那兵拖了過去。游坦之慘叫幾聲，隨即喉頭繩索收緊，再也叫不出來了。

那契丹兵怕扼死了他，當即勒定馬步。游坦之從地下掙扎著爬起，拉鬆喉頭的繩圈。那契丹兵用力拉扯，游坦之一個踉蹌，又險些摔倒。三名契丹兵哈哈大笑。那拉著繩圈的契丹兵手一揮，縱馬便行，但這次不是急奔。游坦之生怕又給勒住喉嚨，透不過氣來，只得走兩步、跑三步的跟隨。

他見三名契丹騎兵逕向北行，心下害怕：「喬峯這廝嘴裏說得好聽，說是放了我，一轉頭卻又派兵來捉了我去。這次給他抓了去，那裏還有命在？」他離家北行之時，心中念念不忘的只是報仇，渾不知天高地厚，陡然間見到喬峯，父母慘死時的情狀湧上心頭，一鼓作氣，便想用石灰包迷瞎他眼睛，再撲上去拔短刀刺死了他。但一擊不中，銳氣盡失，只想逃得性命，卻又給契丹兵拿了去。

初時他給契丹兵出來打草穀時擒去，雜在婦女羣中，女人行走不快，他腳步儘跟得上，也沒吃到多少苦頭，只在被俘時背上挨了一刀背。此刻卻大不相同，跌跌撞撞的連奔帶走，氣喘吁吁，走不上幾十步便摔一交，每一交跌將下去，繩索定在後頸中擦上一條血痕。那契丹騎兵絕不停留，毫不顧他死活，將他直拖入南京城中。進城之時，游坦之已全身是血，只盼快快死去，免得受這許多苦楚。

三名契丹兵在城中又行了好幾里地，將他拉入了一座大屋。游坦之見地下鋪的都是青石板，柱粗門高，也不知是甚麼所在。拉著他的契丹兵騎馬走入一個大院子，突然長聲呼嘯，雙腿一夾，那馬發蹄便奔。游坦之那料得到這兵到了院子中突然會縱馬快奔，跨得三步，登時俯身跌倒。

那契丹兵連聲呼嘯，拖著游坦之在院子中轉了三個圈子，催馬越奔越快，旁觀的數十名官兵大聲吆喝助威。游坦之心道：「原來他要將我在地下拖死！」額頭、四肢、身體和地下青石相撞，沒一處地方不痛。

衆契丹兵鬨笑聲中，夾著一聲淸脆的女子笑聲。游坦之昏昏沉沉之中，隱隱聽得那女子笑道：「哈哈，這人鳶子只怕放不起來！」

游坦之心道：「甚麼是人鳶子？」只覺後頸中一緊，身子騰空而起，登即明白，這契丹兵縱馬疾馳，竟將他拉得飛起，當作紙鳶般玩耍。他全身凌空，後頸痛得失去了知覺，口鼻爲風灌滿，難以呼吸，但聽那女子拍手笑道：「好極，好極，果眞放起了人鳶子！」游坦之側頭瞧去，見拍手歡笑的正是那身穿紫衣的美貌少女。他乍見之下，胸口劇震，身子在空中飄飄盪盪，頭腦中混混噩噩，亂成一團。

那美貌少女正是阿紫。她見游坦之暗算蕭峯，蕭峯卻饒了他不殺，心中不喜，騎馬行出一程，便故意落後，囑咐隨從悄悄去捉了他回來，但不可讓蕭大王知曉。衆隨從知道蕭大王對她十分寵愛，便欣然應命，假意整理馬肚帶，停在山坡之後，待蕭峯一行人走遠，再轉頭來捉游坦之。阿紫回歸南京，便到遠離蕭峯居處的佑聖宮來等候。她詢問契丹人有何新鮮有趣的拷打折磨罪人之法，有人說起「放人鳶」。這法兒大投阿紫之所好，她下令立即施行，居然將游坦之「放」了起來。

阿紫看得有趣，連聲叫好，說道：「讓我來放！」縱上那兵所騎的馬鞍，接過繩索，道：「你下去！」那兵一躍下馬，任由阿紫放「人鳶」。阿紫拉著繩索，縱馬走了一圈，大聲歡笑，連叫：「有趣，有趣！」但她重傷初愈，手上終究乏力，手腕一軟，繩索下垂，砰的一聲，游坦之重重摔將下來，跌在青石板上，額角撞正階石的尖角，登時破了一洞，血如泉湧。阿紫甚是掃興，惱道：「這笨小子重得要命！」

游坦之痛得幾乎要暈去，聽她還在怪自己身子太重，要想辯解幾句，卻已痛得說不出話來。一名契丹兵過來解開他頸中繩圈，另一名契丹兵撕下他身上衣襟，胡亂給他裹了傷口，鮮血不斷從傷口中滲出，卻那裏止得住？

阿紫道：「行啦，行啦！咱們再玩，再放他上去，越高越好。」

佑聖宮中院子雖大，畢竟馳不開馬，契丹兵稟告阿紫，移到宮後大校場上去，施放更佳。一名契丹兵提起繩索，從游坦之腋下穿過，在他身上繞了一周，免得扣住脖子勒死了，喝一聲：「起！」催馬急馳，拉到大校場上，隨即將他在校場中拖了幾圈，又將他「放」起。那契丹兵手中繩索漸放漸長，游坦之的身子也漸漸飄高。

那契丹兵陡然鬆手，呼的一聲，游坦之猛地如離弦之箭，向上飛起。阿紫和衆官兵大聲喝采。游坦之身不由主向天飛去，心中只道：「這番死了也！」

待得上升之力耗盡，他頭下腳上的直衝下來，眼見腦袋便要撞到硬地上，四名契丹官兵同時揮出繩圈，套住了他腰，向著四方拉扯。游坦之登即暈去，但四股力道已將他身子僵在半空，腦袋離地約有三尺。這一下實是險到極處，四兵中只要有一兵的繩圈出手稍遲，力道不勻，游坦之非撞得頭破血流不可。一衆契丹兵往日常以宋人如此戲耍，俘虜遭放人鳶，十個中倒有八九個撞死。就是在草原的軟地上，這麼高俯衝下來，縱使不撞破腦袋，那也折斷頭頸，一般的送命。

喝采聲中，四名契丹兵將游坦之放下。阿紫取出銀兩，一干官兵每人賞了五兩。衆官兵大聲道謝，問道：「姑娘還想玩甚麼玩意兒？」

阿紫見游坦之昏了過去，也不知是死是活，她適才放「人鳶」之時，使力過度，胸口隱隱作痛，無力再玩，便道：「玩得夠了。這小子倘若沒死，明天再帶來見我，我另想法兒消遣他。這人想暗算蕭大王，可不能讓他死得太容易。」衆官兵齊聲答應，將滿身是血的游坦之架了出去。

游坦之醒過來時，一陣霉臭之氣直衝鼻端，睜開眼來，一團漆黑，甚麼也瞧不見，他第一個念頭是：「我死了沒有？」隨即覺得全身無處不痛，喉頭乾渴難當。他嘶啞著聲音叫道：「水！水！」卻又有誰理會？

他叫了幾聲，迷迷糊糊的睡著了，忽然見到伯父、父親和喬峯大戰，殺得血流遍地，又見母親將自己摟在懷裏，柔聲安慰，叫自己別怕。跟著眼前出現了阿紫那張秀麗的臉龐，明亮的雙眼中現出異樣光芒。這張臉忽然縮小，變成個三角形的蛇頭，伸出血紅的長舌，挺起獠牙向他咬來。游坦之拚命掙扎，偏就動彈不得，那條蛇一口口的咬他，手上、腿上、頸中，無處不咬，額角上尤其咬得厲害。他看見自己的肉給一塊塊的咬下來，只想大叫，卻叫不出半點聲音……

如此翻騰了一夜，醒著的時候受折磨，在睡夢之中，一般的受苦。

次日兩名契丹兵押著他又去見阿紫，他身上高燒兀自未退，只跨出一步，便向前摔倒。兩名契丹兵分別拉住他左臂右臂，大聲斥罵，拖著他走進一間大屋。游坦之心想：「他們把我拉到那裏去？是拖出去殺頭麼？」頭腦昏昏沉沉的，也難以思索，似覺經過了兩處長廊，來到一處廳堂外。兩名契丹兵在門外稟告了幾句，裏面一個女子應了一聲，廳門推開，契丹兵將他擁了進去。

游坦之抬起頭來，見廳上地下鋪著一張花紋斑斕的極大地毯，地毯盡頭的錦墊上坐著一個美麗少女，正是阿紫。她赤著雙腳，踏在地毯之上。游坦之見到她一雙雪白晶瑩的小腳，當眞是如玉之潤，如緞之柔，一顆心登時猛烈跳動，雙眼牢牢的釘住她一對腳，見到她腳背的肉色便如透明一般，凍膠藕粉般的腳背下隱隱映出幾條小青筋，眞想伸手去輕輕撫摸。兩名契丹兵放開了他。游坦之搖晃幾下，終於勉強站定。他目光始終沒離開阿紫的小腳，見她十個腳趾的趾甲都作淡紅色，像十片小小的花瓣。

阿紫眼中瞧出來，卻是個滿身血污的醜陋少年，面肉扭曲，下顎前伸，眼光中卻噴射出貪婪的火燄。她微皺眉頭，尋思：「想個甚麼新鮮法兒來折磨他才好？」

突然之間，游坦之喉頭發出「嗬嗬」兩聲，也不知從那裏來的一股力道，猶如一頭豹子般向阿紫迅捷異常的撲了過去，抱著她小腿，低頭便去吻她雙足腳背。阿紫大吃一驚，尖聲叫嚷。兩名契丹兵和阿紫身旁服侍的四個婢女齊聲呼斥，搶上前去拉開。

但他雙手牢牢緊抱，死也不肯放手。契丹兵出力拉扯，竟將阿紫也從錦墊上扯了下來，一交坐上地毯。兩名契丹兵不敢再拉，一個使力擊打游坦之背心，另一個打他右臉。游坦之傷口腫了，高燒未退，神智不清，便如瘋了一般，對眼前的情景遭遇一片茫然。他緊緊抱著阿紫小腿，不住吻她腳背腳底。

阿紫覺到他炎熱而乾燥的嘴唇狂吻自己腳底，心中害怕，卻也有些痳痳癢癢的奇異感覺，突然尖叫起來：「啊喲！他咬住了我腳趾頭。」忙對兩名契丹兵道：「你們快走開，這人發了瘋，啊喲，別讓他咬斷了我的腳趾。」游坦之輕輕咬著她腳趾，阿紫雖然不痛，卻好生驚惶，生怕契丹兵若再使力毆打，他會不顧性命的使勁亂咬。

兩名契丹兵無法可施，只得放開了手。阿紫叫道：「快別咬，我饒你不死便是。」游坦之這時心神狂亂，那聽得到她說些甚麼？一名契丹兵按住腰刀刀柄，只想拔出刀來，揮刀從他後頸劈下，割下他腦袋，但他雙手牢牢環抱著阿紫小腿，這一刀劈下，只怕傷著了阿紫，遲疑不發。

阿紫又道：「喂！你咬我幹麼？快張開嘴巴，我叫人給你治傷，放你回中原。」游坦之仍然不理，但牙齒並不用力，也沒咬痛了她，一雙手在她腳背上輕輕愛撫，心中飄飄蕩蕩地，好似又做了人鳶，升入雲端。

一名契丹兵靈機忽動，緊抓游坦之咽喉。游坦之喉頭受扼，不由自主的張開了嘴。阿紫急忙縮腿，將腳趾從他嘴裏抽了出來，站起身來，生怕他發狂再咬，雙腳縮到了錦墊之後。兩名契丹兵抓住游坦之，一拳拳往他胸口擊毆。打到十來拳時，他哇哇兩聲，噴出幾口鮮血，將一條鮮艷的地毯也沾污了。

阿紫道：「住手，別打啦！」經過了適才這一場驚險，覺得這小子倒也古怪有趣，不想一時便弄死了他。契丹兵停手不打。阿紫盤膝坐上錦墊，將一雙赤足坐在臀下，心中盤算：「想些甚麼法子來折磨他才好？」一抬頭，見游坦之目不轉瞬的瞧著自己，便問：「你瞧著我幹麼？」

游坦之早將生死置之度外，便道：「你很好看，我就看著你！」阿紫臉上一紅，心道：「這小子好大膽，竟敢對我說這等輕薄言語。」

可是她一生之中，從來沒一個年輕男子曾當面讚她好看。在星宿派學藝之時，衆師兄都當她是個精靈頑皮的小女孩；待得她年紀稍長，師父瞧著她的目光有些異樣，有時伸手摸摸她臉蛋，摸摸她胸脯，她害怕起來，就此逃了出來。跟著蕭峯在一起時，他不是怕她搗蛋，便是躭心她突然死去，從來沒留神她生得美貌，還是難看。游坦之這麼直言稱讚，語出衷誠，她心中自不免暗暗歡喜，尋思：「我留他在身邊，拿他來消遣消遣，倒也很好。只是姊夫說過要放了他，倘若知道我又抓了他來，必定生氣。要姊夫始終不知，有甚麼法子？倘若姊夫忽然進來，瞧見了他，那便如何？」

她沉吟片刻，驀地想到：「阿朱最會裝扮，扮了我爹爹，姊夫就認她不出。我將這小子改頭換面，姊夫也就認不得了。可是他若非自願，我跟他化裝之後，他又立即洗去化裝，回復本來面目，豈非沒用？」

她一雙彎彎的眉毛向眉心皺聚，登時便有了主意，拍手笑道：「好主意，好主意！便這麼辦！」向那兩個兵士說了一陣。兩個兵士有些地方不明白，再行請示。阿紫詳加解釋，命侍女取出五十兩銀子交給他們。兩名契丹兵接過，躬身行禮，架了游坦之退出廳去。

游坦之叫道：「我要看她，我要看這個狠心的美麗小姑娘。」契丹兵和一眾侍女不懂漢語，也不知他叫喊些甚麼。

阿紫聽到他叫喊，笑咪咪的瞧著他背影，想著自己的聰明主意，越想越得意。

游坦之又給架回地牢，拋在乾草堆上。到得傍晚，有人送了一碗羊肉、幾塊麵餅來。游坦之高燒不退，大聲胡言亂語，那人嚇得放下食物，立時退開。游坦之連飢餓也不知道，始終沒去吃羊肉麵餅。

這天晚上，三名契丹人走進地牢。游坦之神智迷糊，見這三人神色奇特，顯然不懷好意，隱隱約約的也知不是好事，掙扎著要站起，又想爬出去逃走。兩個契丹人上來將他按住，翻過他身子，令他臉孔朝天。游坦之亂罵：「狗契丹人，不得好死，大爺將你們千刀萬剮。」突然之間，第三名契丹人雙手捧著白白的一團東西，像是棉花，又像白雪，用力按到了他臉上。游坦之只覺得臉上又濕又涼，腦子清醒了一陣，可是氣卻透不過來了，心道：「原來他們封住我七竅，要悶死我！」

但這猜想跟著便知不對，口鼻上給人戳了幾下，便可呼吸，眼睛卻睜不開來，只覺臉上濕膩膩地，有人在他臉上到處按揑，便如是貼了一層濕麵，或是黏了一片軟泥。游坦之迷迷糊糊的只想：「這些惡賊不知要用甚麼古怪法兒害死我？」過了一會，臉上那層軟泥給人輕輕揭去，游坦之睜開眼來，見自己臉旁有個濕麵粉印成的面目模型。那契丹人小心翼翼的雙手捧著，唯恐弄壞了。游坦之又罵：「臭遼狗，叫你個個死無葬身之地。」三個契丹人也不理他，拿了那片濕麵逕自去了。

游坦之突然想起：「是了，他們在我臉上塗了毒藥，過不多久，我便滿臉潰爛，脫去皮肉，變成個鬼怪……」他越想越怕，尋思：「與其受他們折磨至死，不如自己撞死了！」當即將腦袋往牆上撞去，砰砰砰的撞了三下。獄卒聽得聲響，衝了進來，縛住了他手腳。游坦之本已撞得半死，只好聽由擺布。

過得數日，他臉上卻並不疼痛，更無潰爛，但他死意已決，肚中雖餓，卻不去動獄卒送來的食物。第四日上，那三名契丹人又來將他架了出去。游坦之在淒苦中登時生出了甜意，心想阿紫又召他去侮辱拷打，身上雖多受苦楚，卻可再見到她秀麗的容顏，臉上不禁帶了一絲苦澀的笑容。

三個契丹人帶著他走過幾條小巷，走進一間黑沉沉的大石屋。只見熊熊炭火照著石屋半邊，一個肌肉虬結的鐵匠赤裸著上身，站在一座大鐵砧旁，拿著一件黑黝黝的物事，正自仔細察看。三名契丹人將游坦之推到那鐵匠身前，兩人分執他雙手，另一人揪住他後心。鐵匠側過頭來，瞧瞧他臉，又瞧瞧手中的物事，似在互相比較。

游坦之向他手中的物事望去，見是個鑌鐵所打的面具，上面穿了口鼻雙眼四個窟窿。他正自尋思：「做這東西幹甚麼？」那鐵匠拿起面具，往他臉上罩來。游坦之自然而然腦袋後仰，但後腦立即為人推住，沒法退縮，鐵面具便罩到了他臉上。他只感臉上一陣冰冷，肌膚和鐵相貼，說也奇怪，這面具和他眼目口鼻的形狀竟處處吻合。

游坦之只奇怪得片刻，立時明白了究竟，驀地裏背上一陣涼氣直透下來：「啊喲，這面具是給我定製的。那日他們用濕麵貼在我的臉上，便是做這面具的模型了。他們仔細做這鐵面具，有何用意？莫非……莫非……」他心中已猜到了這些契丹人的惡毒用意，但到底為了甚麼，卻是不知，他不敢再想下去，拚命掙扎退縮。

鐵匠將面具從他臉上取下，點了點頭，似乎頗感滿意，取過一把大鐵鉗鉗住臉具，放入火爐中燒得紅了，右手提起鐵錐，錚錚錚的打了起來。他將面具打了一陣，便伸手摸摸游坦之的顴骨和額頭，修正面具上的不甚脗合之處。

游坦之大叫：「天殺的遼狗，老天爺叫你們個個不得好死！叫你們的牛馬倒斃，嬰兒夭亡！」他破口大罵，那些契丹人一句不懂。那鐵匠突然回頭，惡狠狠的瞪視，舉起燒得通紅的鐵鉗，向他雙眼戳來。游坦之嚇得尖聲大叫。那鐵匠只嚇他一下，哈哈大笑，縮回鐵鉗，又取過一塊弧形鐵塊，往游坦之後腦上試去。

待修得合式了，鐵匠將面具和那半圓鐵罩都在爐中燒得通紅，高聲說了幾句。三個契丹人抬起游坦之，橫擱在一張桌上，讓他腦袋伸在桌緣之外。又有兩個契丹人過來相助，用力拉住他頭髮，令他頭不能動，五個人按手撳腳，游坦之那裏還能動得半分？

鐵匠鉗起燒紅的面具，停了一陣，待其稍涼，大喝一聲，便罩到游坦之臉上，白煙冒起，焦臭四散。游坦之大叫一聲，痛暈過去。五名契丹人翻轉他身子，那鐵匠鉗起另一半鐵罩，安上他後腦，兩個半圓形的鐵罩鑲成了一個鐵球，罩在他頭上。鐵罩甚熱，一碰到肌膚，便燒得血肉模糊。那鐵匠是燕京城中的第一鐵工巧手，鐵罩的兩個半球合攏後，鑲得絲絲入扣。

游坦之如身入地獄，經歷萬丈烈燄的燒炙，也不知過了多少時候，忽覺有大片冷水澆在頭上，這才悠悠醒轉，臉上與後腦都劇痛難當，終於忍耐不住，又暈了過去。如此三次暈去，三次醒轉，他大聲叫嚷，只聽得聲音嘶啞已極，不似人聲。

他躺著一動不動，頭腦中也無思想，咬牙強忍顏面和腦袋的痛楚。過得兩個多時辰，終於抬起手來，往臉上摸去，觸手冰冷堅硬，證實猜想不錯，鐵面具已套在頭上。憤激中用力撕扳，但面具已鑲銲牢固，卻如何扳得它動？絕望之餘，忍不住放聲大哭。

總算他年紀輕，雖然受此大苦，居然挨了下來，並不便死，過得幾天，傷口慢慢愈合，痛楚漸減，也知道了飢餓。聞到羊肉和麵餅的香味，抵不住引誘，將食物塞入鐵罩開口，送入嘴裏，吃下肚去。這時他已將頭上的鐵罩摸得清楚，知這隻鑌鐵罩子將自己腦袋密密封住，決計無法脫出，起初幾日怒發如狂，後來終於平靜下來，尋思：「喬峯這狗賊在我臉上套隻鐵罩子，究竟有甚麼用意？」

他只道這一切全是出於蕭峯的命令，自然無論如何也猜想不出，阿紫所以要罩住他臉孔，正是要瞞過蕭峯。這一切功夫，都是室里隊長在阿紫授意之下幹的。

阿紫每日向室里查問，游坦之戴上鐵面具後動靜如何，初時躭心他因此死了，未免掃興，後來知他已不會死，心下甚喜。這一日得知蕭峯要往南郊閱兵，便命室里將游坦之召到端福宮來。耶律洪基為了討好蕭峯，已封阿紫為「端福郡主」，這座端福宮便是賜給她居住的。

阿紫一見到游坦之的模樣，忍不住一股歡喜之情從心底直冒上來：「我這妙法管用。這小子帶上了這麼一副面具，姊夫便和他相對而立，也決計認他不出。」游坦之再向前走得幾步，阿紫拍手叫好，說道：「室里，這面具做得很好，賞你五十兩銀子，再拿三十兩銀子去賞給鐵匠！」室里道：「是！多謝郡主！」游坦之從面具的兩個眼孔中望出來，見到阿紫喜容滿臉，嬌憨無限，不禁獃獃的瞧著她。

阿紫見他臉上戴了面具，神情詭異，但目不轉睛瞧著自己的情狀，仍然看得出來，便問：「傻小子，你瞧著我幹甚麼？」游坦之道：「我……我……不知道。你……你很好看。」阿紫微笑道：「你也很好看！你戴了這面具，舒不舒服？」游坦之悻悻的道：「你想舒不舒服？」阿紫格格一笑，道：「我想不出。」見他面具上開的嘴孔只窄窄的一條縫，勉強能喝湯吃麵，若要吃肉，須得用手撕碎，方能塞入，再要咬自己腳趾，便不能了，笑道：「我叫你戴上這面具，便不能再咬我了。」

游坦之心中一喜，說道：「姑娘是叫我……叫我……常常在你身邊服侍麼？」阿紫道：「呸！你這小子是個大壞蛋。在我身邊，你時時會想法子害我，如何容得？」游坦之道：「我……我……我決計不會害姑娘。我的仇人只是喬峯。」阿紫道：「你想害我姊夫？豈不是跟害我一樣？」游坦之聽了這句話，胸口陡地一酸，無言可答。

阿紫笑道：「你想害我姊夫，那是難於登天。傻小子，你想不想死？」游坦之道：「我自然不想死。不過現在頭上套了這勞什子，給整治得人不像人，鬼不像鬼，跟死了也沒多大分別。」阿紫道：「你真要想死，那也容易，不過我不會讓你乾乾脆脆的死了。我先砍了你的左手。」轉頭向站在身邊伺候的室里道：「室里，你拉他出去，先將他左手砍了下來！」室里應道：「是！」伸手便去拉他手臂。

游坦之久在遼邊，已懂了些契丹言語，大驚叫道：「不，不！姑娘，我不想死，你……你……你別砍我手。」阿紫淡淡一笑，道：「我說過了的話，很難不算，除非……除非……你跪下磕頭。」

游坦之微一遲疑間，室里已拉著他退了兩步。游坦之不敢再延，雙膝一軟，便即跪倒，一頭叩了下去，鐵罩撞上青磚，發出噹的一聲響。阿紫格格嬌笑，說道：「磕頭的聲音這麼好聽，我可從來沒聽見過，你再多磕幾個聽聽。」

游坦之是聚賢莊的小莊主，在莊上一呼百諾，從小養尊處優，幾時受過這等折辱？他初見蕭峯時，尚有一股寧死不屈的傲氣，這幾日來心靈和肉體上都受到極厲害的創傷，滿腔少年人的豪氣，已散得無影無蹤，聽阿紫這麼說，當即連連磕頭，噹噹直響，這位仙子般的姑娘居然稱讚自己磕頭好聽，心中隱隱覺得歡喜。

阿紫嫣然一笑，道：「很好，以後你聽我話，沒半點違拗，那也罷了，否則我便隨時砍下你的手臂，記不記得？」游坦之道：「是，是！」阿紫道：「我給你戴上這個鐵罩，你可懂得是甚麼緣故？」游坦之道：「我就是不明白。」阿紫道：「你這人眞笨死了，我救了你性命，你還不知道謝我。蕭大王要將你砍成肉醬，你也不知道麼？」游坦之道：「他是我殺父仇人，自然容我不得。」阿紫道：「他假裝放你，又捉你回來，命人將你砍成肉醬。我見你這小子不算太壞，殺了可惜，因此瞞著他將你藏了起來。可是蕭大王如撞到了你，你還有命麼？連我也擔代了好大干係。」

游坦之恍然大悟，說道：「啊，原來姑娘鑄了這個鐵面給我戴，是爲我好，救了我命。我……我好生感激，眞的……我好生感激。」

阿紫作弄了他，更騙得他衷心感激，甚是得意，微笑道：「所以啊，下次你要是見到蕭大王，千萬不可說話，以免給他聽出聲音。他如認出是你，哼，哼！這麼一拉，將你左臂拉了下來，再這麼一扯，將你右臂撕了下來。室里，你去給他換一身契丹人的衣衫，將他身上洗一洗，滿身血腥氣的，難聞死了。」室里答應，帶著他出去。

過不多時，室里又帶著游坦之進來，已給他換上契丹人的衣衫。室里爲了討阿紫歡喜，故意將他打扮得花花綠綠，不男不女，像個小丑模樣。

阿紫抿嘴笑道：「我給你起個名字，叫做……叫做鐵丑。以後我叫鐵丑，你便得答應。鐵丑！」游坦之忙應道：「是！」

阿紫很是歡喜，突然想起一事，道：「室里！西域大食國送來了一頭獅子，是不是？你叫馴獅人帶獅子來，再召十幾個衞士來。」室里答應出去傳令。

十六名手執長矛的衞士走進殿來，躬身向阿紫行禮，隨即回身，十六柄長矛的矛頭指而向外，保衞著她。不多時聽得殿外幾聲獅吼，八名壯漢抬著一個大鐵籠走進來。籠中一隻雄獅盤旋走動，黃毛長鬃，利爪銳牙，神情威武。馴獅人手執皮鞭，領先而行。

阿紫見這頭雄獅兇猛可怖，心下甚喜，道：「鐵丑，你嘴裏說得好聽，也不知是眞是假。現下我要試你一件事，瞧你聽不聽我話。」游坦之應道：「是！」他一見到獅子，便暗自嘀咕，不知有何用意，聽她這麼說，心中更怦怦亂跳。阿紫道：「不知你頭上的鐵套子牢不牢，你把頭伸到鐵籠中，瞧獅子能不能將鐵套子咬爛了。」

游坦之大驚，道：「這個……這個是不能試的。倘若咬爛了，我的腦袋……」阿紫道：「你這人有甚麼用？這樣一點小事也害怕，男子漢大丈夫，應當視死如歸才是。而且我看多半是咬不爛的。」游坦之道：「姑娘，這件事可不是玩的，就算咬不爛，這畜生把鐵罩咬扁了，我的頭……」阿紫格格一笑，道：「最多你的頭也不過是扁了。你這小子眞麻煩，你本來的長相也沒甚麼美，腦袋扁了，套在罩子之內，人家也瞧不見，還管他甚麼好看不好看。」游坦之急道：「我不是貪圖好看……」阿紫臉一沉，道：「你不聽話，現下試出來啦，你存心騙我，將你整個人塞進籠去，餵獅子吃了罷！」用契丹話吩咐室里。室里應道：「是！」便來拉游坦之手臂。

游坦之心想：「身入獅籠，那裏還有命在？還不如聽姑娘的話，將鐵腦袋去試試運氣罷！」便叫：「別拉，別拉！姑娘，我聽話啦！」

阿紫笑道：「這才乖呢！我跟你說，下次我叫你做甚麼，立刻便做，推三阻四的，惹姑娘生氣。室里，你抽他三十鞭。」室里應道：「是！」從馴獅人手中接過皮鞭，唰的一聲，便抽在游坦之背上。游坦之吃痛，「啊」的一聲大叫。

阿紫道：「鐵丑，我跟你說，我叫人打你，是瞧得起你。你這麼大叫，是不喜歡我打你嗎？」游坦之道：「我喜歡，多謝姑娘恩典！」阿紫道：「好，打罷！」室里唰唰唰連抽十鞭，游坦之咬緊牙關，半聲不哼，總算他頭上戴著鐵罩，鞭子避開了他的腦袋，胸背吃到皮鞭，總還可以忍耐。

阿紫聽他無聲抵受，又覺無味了，道：「鐵丑，你說喜歡我叫人打你，是不是？」游坦之道：「是！」阿紫道：「你這話是眞是假？是不是胡說八道的騙我？」游坦之道：「是眞的，不敢欺騙姑娘。」阿紫道：「你既喜歡，爲甚麼不笑？爲甚麼不說打得痛快？」游坦之給她折磨得膽戰心驚，連憤怒也都忘記了，只得道：「姑娘待我很好，叫人打我，哈哈哈！很是痛快！」阿紫道：「這才像話，咱們試試！」

啪的一聲，又是一鞭，游坦之忙道：「多謝姑娘救命之恩，這一鞭打得好！」轉瞬間抽了二十餘鞭，與先前的鞭打加起來，早超過三十鞭了。阿紫揮了揮手，說道：「今天就這麼算了。你將腦袋伸進籠子裏。」

游坦之全身骨痛欲裂，蹣跚著走到籠邊，一咬牙，便將腦袋從鐵柵間探了進去。

那雄獅乍見他如此上來挑釁，嚇了一跳，退開兩步，向他的鐵頭端相了半晌，又退後兩步，口中嗚嗚的發威。

阿紫叫道：「叫獅子咬啊，牠怎麼不咬？」那馴獅人叱喝了幾聲，獅子得到號令，一撲上前，張開大口，便咬在游坦之頭上。但聽得滋滋聲響，獅牙摩擦鐵罩。游坦之閉上了雙眼，只覺一股熱氣從鐵罩的眼孔、鼻孔、嘴孔中傳進來，知道自己腦袋已在獅口之中，跟著後腦和前額一陣劇痛。套上鐵罩之時，他頭臉到處給燒紅了的鐵罩燒炙損傷，過得幾日後慢慢結疤愈合，獅子這麼一咬，鐵罩與結疤處扭脫，所有創口一齊破裂。

雄獅用力咬了幾下，咬不進去，牙齒反而撞得甚痛，發起威來，右爪伸出，抓到游坦之肩上。游坦之肩頭劇痛，「啊」的一聲大叫。獅子突覺口中有物發出巨響，吃了一驚，張口放開他腦袋，逃到鐵籠一角。

那馴獅人大聲叱喝，叫獅子再向游坦之咬去。游坦之大怒，突然伸出手臂，抓住了馴獅人的後頸，使勁推出，將他的腦袋硬生生的塞入鐵籠之中。馴獅人高聲大叫。

阿紫拍手嘻笑，道：「很好，很好！誰也別理會，讓他們兩人拚個你死我活。」眾契丹兵本要上來拉開游坦之的手，聽阿紫這麼說，便都站定不動。

馴獅人用力掙扎。游坦之野性發作，說甚麼也不放開他。馴獅人只有求助於雄獅，大叫：「咬，用力咬他！」雄獅聽到催促，一聲大吼，撲了上來，這畜生只知主人叫牠用力去咬，卻不知咬甚麼，兩排白森森的利齒合了攏來，喀喇一聲，將馴獅人的腦袋咬去了半邊，滿地都是腦漿鮮血。

阿紫笑道：「鐵丑贏了！」命士兵將馴獅人的屍首和獅籠抬出去，對游坦之道：「這就對了！你能逗我喜歡，我要賞你。賞些甚麼好呢？」她以手支頤，側頭思索。

游坦之道：「姑娘，我不要你賞賜，只求你一件事。」阿紫道：「求甚麼？」游坦之道：「求你許我陪在你身邊，做你的奴僕。」阿紫道：「做我奴僕？爲甚麼？有甚麼好？嗯，我知道啦，你想等蕭大王來看我時，乘機下手害他，爲你父母報仇。」游坦之道：「不，不！決計不是。」阿紫道：「難道你不想報仇嗎？」游坦之道：「不是不想。但一來報不了，二來不能將姑娘牽連在內。」

阿紫道：「那麼你爲甚麼喜歡做我奴僕？」游坦之道：「姑娘是天仙下凡，天下第一美人，我……我……想天天見到你。」

這話無禮已極，以他此時處境，也實在大膽之極。但阿紫聽在耳裏，卻甚受用。她年紀尚幼，容貌雖然秀美，身形卻未長成，更兼重傷之餘，憔悴黃瘦，說到「天下第一美人」六字，那眞是差之遠矣，但聽有人對自己容貌如此傾倒，卻也不免開心。

忽聽得宮衛報道：「大王駕到！」阿紫向游坦之橫了一眼，低聲道：「蕭大王要來啦，你怕不怕？」游坦之怕得要命，硬著頭皮顫聲道：「不怕！」

殿門大開，蕭峯輕裘緩帶，走了進來。他一進殿門，便見到地下一攤鮮血，又見游坦之頭戴鐵罩，模樣十分奇特，向阿紫笑道：「今天你氣色很好啊，又在玩甚麼新花樣了?這人頭上攪了些甚麼古怪?」阿紫笑道:「這是西域高昌國進貢的鐵頭人,名叫鐵丑,連獅子也咬不破他的鐵頭,你瞧,這是獅子的牙齒印。」蕭峯看那鐵罩,果見猛獸的牙印宛然。阿紫又道:「姊夫,你有沒本事將他的鐵套子除了下來?」

游坦之一聽,只嚇得魂飛魄散。他曾親眼見到蕭峯力鬥中原羣雄時的神勇,雙拳打將出去,將伯父和父親手中的鋼盾也震得脫手,要除下自己頭上鐵罩,可說輕而易舉。當鐵罩鑲到他頭上之時,他懊喪欲絕,這時卻又盼望鐵罩永遠留在自己頭上,不讓蕭峯見到自己的眞面目。蕭峯伸出手指,在他鐵罩上輕彈幾下,發出錚錚之聲,笑道:「這鐵罩甚是牢固,打造得又很精細,毀了豈不可惜?」

阿紫道:「高昌國的使者說道,這個鐵頭人生來青面獠牙,三分像人,七分像鬼,見到他的人無不驚避,因此他父母打造了一個鐵面給他戴著,免他驚嚇旁人。姊夫,我很想瞧瞧他的本來面目,到底怎樣的可怕。」

游坦之嚇得全身發顫,牙齒相擊,格格有聲。

蕭峯看出他恐懼異常,道:「這人怕得厲害,何必去揭開他的鐵面?這人旣是自小戴慣了鐵面,倘若強行除去,只怕使他日後難以過活。」阿紫拍手道:「那才好玩啊。好像揭了烏龜的硬殼,豈不好看?」蕭峯不禁皺眉,說道:「阿紫,前些時候你倒挺乖的,怎麼近來又喜歡幹這等害得人不死不活的事?」

阿紫倒不是天性殘忍惡毒，只因從小在星宿派門下長大，見慣了陰狠毒辣之事，以為該當如此，她對褚萬里無禮、傷殘馬夫人，內心絲毫不以為是錯了。此後天天陪著蕭峯在長白山下養傷，與蕭峯朝夕與共，心中喜悅不勝，對蕭峯千依百順，宛似變了一個人相似。此後來到南京，既有宮女婢僕服侍，蕭峯又忙於軍政事務，少有時刻相陪，少女情懷，只道姊夫對自己的疼愛減了。在她心中，姊夫早就已變作了情郎，心頭千萬縷情絲，已盡數牢牢纏在這情郎身上，只盼自己化身為姊姊阿朱，而蕭峯也如眷愛阿朱一般對自己深憐密愛、生死以之。殊不知在蕭峯心中，阿朱既死，世上更沒第二個女子能讓他動心了。他對阿紫和顏悅色，一來是因阿朱臨終時囑託，二來自己失手將她打得重傷，不免過意不去，阿紫對己溫柔纏綿，也不能不假辭色，置之不理。阿紫情根深種，殊無回報，自不免中心鬱鬱，她對游坦之大加折磨，也是為了發洩心中鬱悶之情。

阿紫哼了一聲，道：「你又不喜歡我啦！我當然沒阿朱那麼好，要是我像阿朱一樣，你怎麼會接連幾天不來睬我。」蕭峯道：「做了這勞什子的甚麼南院大王，每日裏忙得不可開交。但我不是每天總來陪你一陣麼？」阿紫道：「陪我一陣，哼，陪我一陣！我就是不喜歡你這麼『陪我一陣』的敷衍了事。倘若我是阿朱，你一定老是陪在我身旁，趕你也不會走開，不會甚麼『一陣』、『半陣』的！」

蕭峯聽她的話確也是實情，無言可答，嘿嘿一笑，道：「姊夫是大人，沒興致陪你孩子玩，你找些年輕女伴來陪你說笑解悶罷！」阿紫氣忿忿的道：「孩子，孩子……我才不是孩子呢。你沒興致陪我玩，卻又幹甚麼來了？」蕭峯道：「我來瞧瞧你身子好些沒有？今天吃了熊膽麼？」阿紫提起凳上的錦墊，重重往地下一摔，一腳踢開，說道：「我心裏不快活，每天便吃一百副熊膽，身子也好不了。」

蕭峯見她使小性兒發脾氣，若是阿朱，自會設法哄她轉嗔爲喜，但對這個刁蠻姑娘忍不住生出厭惡之情，只道：「你休息一會兒！」站起身來，逕自走了。

阿紫瞧著他背影，怔怔的只是想哭，一瞥眼見到游坦之，滿腔怒火，登時便要發洩在他身上，叫道：「室里，再抽他三十鞭！」室里應道：「是！」拿起了鞭子。

游坦之大聲道：「姑娘，我又犯了甚麼錯啦？」阿紫不答，揮手道：「快打！」室里唰的一鞭，打了下去。游坦之道：「姑娘，到底我犯了甚麼錯，讓我知道，免得下次再犯。」室里唰的一鞭，唰的又是一鞭。

阿紫道：「我要打便打，你就不該問甚麼罪名，難道打錯了你？你問自己犯了甚麼錯，正因爲你問，這才要打！」游坦之道：「是你先打我，我才問的。我還沒問，你就叫人打我了。」唰的一鞭，唰唰唰又是三鞭。

阿紫笑道：「我料到你會問，因此叫人先打你。你果然要問，那不是我料事如神麼？這證明你對我不夠死心塌地。姑娘忽然想到要打人，你倘若忠心，須得自告奮勇，自動獻身就打才是。偏偏囉裏囉唆的心中不服。好罷，你不喜歡給我打，不打你就是了。」

游坦之聽到「不打你就是了」這六個字，心中一凜，全身寒毛都豎了起來，知阿紫若不打他，必定會另外想出比鞭打慘酷十倍的刑罰，甚至攆他出去，永不再見他，不如乖乖的挨上三十鞭，忙道：「是小人錯了，姑娘打我是大恩大德，對小人身子有益，請姑娘多多鞭打，打得越多越好。姑娘肯打我，小人再開心也沒有了！」

阿紫嫣然一笑，道：「總算你還聰明。我可不給人取巧，你說打得越多越好，以為我一高興，便饒了你麼？」游坦之道：「不是的，小人不敢向姑娘取巧。」阿紫道：「你說打得越多越好，那是你衷心所願的了？」游坦之道：「是，是小人衷心所願。」阿紫道：「既然如此，我就成全你。室里，打足一百鞭，他喜歡多挨鞭子。」

游坦之嚇了一跳，心想：「這一百鞭打了下來，還有命麼？」但事已如此，自己就算堅說不願，人家要打便打，抗辯有何用處，只得默不作聲。

阿紫道：「你為甚麼不說話？是心中不服嗎？我叫人打你，你覺得不公道麼？」游坦之道：「小人心悅誠服，知道姑娘鞭打小人，出於成全小人的好心。」阿紫道：「那麼剛才你為甚麼不說話？」游坦之無言可答，怔了一怔，道：「這個……這個……小人心想姑娘待我這般恩德如山，小人心中感激，甚麼話也說不出來，只想將來不知如何報答姑娘才是。」阿紫道：「好啊！你說如何報答於我。我一鞭鞭打你，你將這一鞭鞭的仇恨，都記在心中。」游坦之連連搖頭，道：「不，不！不是。我說的報答，是眞正的報答。小人一心想要爲姑娘粉身碎骨，赴湯蹈火。」

阿紫道：「好，那就打罷！」室里應道：「是！」啪的一聲，皮鞭抽了下去。打到五十餘鞭時，游坦之痛得頭腦也麻木了，雙膝發軟，慢慢跪了下來。阿紫笑吟吟的看著，只等他出聲求饒。只要他求一句饒，她便又找到了口實，可以再加他五十鞭。那知游坦之這時迷迷糊糊，已然人事不知，只低聲呻吟，居然並不求饒。打到七十餘鞭時，已昏暈過去。阿紫見游坦之奄奄一息，死多活少，不禁掃興。想到蕭峯對自己那股愛理不理的神情，心中百般的鬱悶難宣，說道：「抬了下去罷！這個人不好玩！室里，還有甚麼別的新鮮玩意兒沒有？」

這一場鞭打，游坦之足足養了一個月傷，這才痊愈。契丹人見阿紫已忘了他，不再找他來折磨，便將他編入一衆宋人的俘虜裏，叫他做諸般粗重下賤功夫，掏糞坑、洗羊欄、拾牛糞、硝羊皮，甚麼活兒都幹。

游坦之頭上戴了鐵罩，人人都拿他取笑侮辱，連漢人同胞也當他怪物一般。他逆來順受，便如變成了啞巴。旁人打罵，他也從不抗拒。見到有人乘馬馳過，便抬起頭來瞧上一眼，心中記掛著的便只一件事：「甚麼時候，姑娘再叫我去鞭打？」他只盼能見到阿紫，便再挨受鞭笞，痛得死去活來，也所甘願，從來沒想過要逃走。

如此過了兩個多月，天氣漸暖，這一日游坦之隨著衆人，在南京城外搬土運磚，加厚南京南門旁的城牆。忽聽得蹄聲得得，幾乘馬從南門中出來，一個淸脆的聲音笑道：「啊喲，這鐵丑還沒死啊！我還道他早死了呢！鐵丑，你過來！」正是阿紫的聲音。

游坦之日思夜想，盼望的就是這一刻時光，聽得阿紫叫他，一雙腳卻如釘在地上一般，竟不能移動，只覺一顆心怦怦大跳，手掌心都是汗水。

阿紫又叫道：「鐵丑，該死的！我叫你過來，你沒聽見麼？」游坦之才應道：「是，姑娘！」轉身向她馬前走去，忍不住抬起頭來瞧了她一眼。相隔四月，阿紫臉色紅潤，更增俏麗，游坦之心中怦的一跳，腳下一絆，合撲摔了一交，衆人鬨笑聲中，急忙爬起，不敢再看她，慌慌張張的走到她身前。

阿紫心情甚好，笑道：「鐵丑，你怎麼沒死？」游坦之道：「我說要……要報答姑娘的恩典，還沒報答，可不能便死。」阿紫更是歡喜，格格嬌笑兩聲，道：「我正要找一個忠心不二的奴才去做一件事，只怕契丹人粗手粗腳的誤事，你還沒死，那好得很。你跟我來！」游坦之應道：「是！」跟在她馬後。

阿紫揮手命室里和另外三名契丹衛士回去，不必跟隨。室里知她不論說了甚麼，旁人決無勸諫餘地，好在這鐵面人猥葸懦弱，隨著她決無害處，便道：「請姑娘早回！」

四人躍下馬來，在城門邊等候。

阿紫縱馬慢慢前行，走出了七八里地，越走越荒涼，轉入了一處陰森森的山谷，地下盡是陳年腐草敗葉爛成的軟泥。再行里許，山路崎嶇，阿紫已不能乘馬，便躍下馬來，命游坦之牽著馬，又走一程。但見四下裏陰沉沉地，寒風從一條窄窄的山谷通道中颳進來，吹得二人肌膚隱隱生疼。

阿紫道：「好了，便在這裏！」命游坦之將馬韁繫在樹上，說道：「你今天瞧見的事，不得向旁人洩露半點，以後也不許向我提起，記得麼？」

游坦之道：「是，是！」心中喜悅若狂，阿紫居然只要他一人隨從，來到如此隱僻的地方，就算讓她狠狠鞭打一頓，那也是甘之如飴。

阿紫伸手入懷，取出一隻深黃色的小木鼎，放在地下，說道：「待會兒有甚麼古怪蟲豸出現，你不許大驚小怪，千萬不能出聲。」游坦之應道：「是！」

阿紫又從懷中取出一個小小布包，打了開來，裏面是幾塊黃色、黑色、紫色、紅色的香料。她從每一塊香料上揑了少許，放入鼎中，用火刀、火石打著了火，燒了起來，然後合上鼎蓋，道：「咱們到那邊樹下守著。」

阿紫在樹下坐定，游坦之不敢坐在她身邊，隔著丈許，坐在她下風處一塊石頭上。寒風颳來，風中帶著她身上淡淡香氣，游坦之不由得意亂情迷，只覺一生中能有如此一刻，這些日子雖受種種苦楚荼毒，卻也不枉了。他只盼阿紫永遠在這大樹下坐著，自己能永遠的這般陪著她。

正自醺醺然如有醉意，忽聽得草叢中瑟瑟聲響，綠草中紅艷艷地一物晃動，卻是一條大蜈蚣，全身閃光，頭上凸起一個小瘤，與尋常蜈蚣大不相同。那蜈蚣聞到木鼎中發出的香氣，筆直游向木鼎，從鼎下的孔中鑽了進去，便不再出來。阿紫從懷中取出一塊厚厚的錦緞，躡手躡足的走近木鼎，將錦緞罩在鼎上，把木鼎裹得緊緊地，生怕蜈蚣鑽了出來，然後放入繫在馬頸旁的革囊之中，笑道：「走罷！」牽馬便行。

游坦之跟在她身後，尋思：「她這座小木鼎古怪得緊，多半還是因燒起香料，才引得這條大蜈蚣到來。不知這條大蜈蚣有甚麼好玩，姑娘巴巴的到這山谷中來捉？」

阿紫回到端福宮中，吩咐侍衛在殿旁小房中給游坦之安排個住處。游坦之大喜，知道從此可以常與阿紫相見。

果然第二天一早，阿紫便將游坦之傳去，領他來到偏殿，親自關上了殿門，殿中便只他二人。阿紫走向西首一隻瓦甕，揭開甕蓋，笑道：「你瞧，是不是很雄壯？」游坦之向甕中一看，只見昨日捕來的那條大蜈蚣正自迅速異常的游走。

阿紫取過預備在旁的一隻大公鷄，投入瓦甕。那條大蜈蚣躍上鷄頭，吮吸鷄血，那公鷄飛撲跳躍，說甚麼也啄不到蜈蚣。蜈蚣身子漸漸腫大，紅頭更如欲滴出血來。過了一會，公鷄僵硬不動，中毒而死。阿紫滿臉喜悅之情，低聲道：「成啦，成啦！這一門功夫可練得成功了！」

游坦之心道：「原來你捉了蜈蚣，要來練一門功夫。這叫蜈蚣功嗎？」

如此七日，每日讓蜈蚣吮吸一隻大公鷄的血，毒死一隻公鷄。那條蜈蚣的身子也大了不少。到第八日上，阿紫又將游坦之叫進殿去，笑咪咪的道：「鐵丑，我待你怎樣？」游坦之道：「姑娘待我恩重如山。」阿紫道：「你說過要爲我粉身碎骨，赴湯蹈火，是眞的還是假的？」游坦之道：「自然是眞！姑娘但有所命，小人必定遵從。」阿紫道：「那好得很啊。我跟你說，我要練一門功夫，須得有人相助才行。你肯不肯助我練功？倘若練成了，我重重有賞。」游坦之道：「小人當然聽姑娘吩咐，也不用甚麼賞賜。」阿紫道：「那好得很，咱們這就練了。」

她盤膝坐好，雙手互搓，閉目運氣，過了一會，道：「你伸手到瓦甕中去，這蜈蚣必定咬你，你千萬不可動彈，要讓牠吸你血液，吸得越多越好。」

游坦之七日來每天見這條大蜈蚣吮吸鷄血，只吮不多時，一隻鮮龍活跳的大公鷄便即斃命，可見這蜈蚣毒不可當，聽阿紫這麼說，不由得遲疑不答。阿紫臉色一沉，問道：「怎麼啦，你不願意嗎？」游坦之道：「不是不願，只不過……只不過……」阿紫道：「怎麼？只不過蜈蚣毒性厲害，你怕死是不是？你是人，還是公鷄？」游坦之道：

「我不是公鷄。」阿紫道：「是啊，公鷄給蜈蚣吸了血會死，你又不是公鷄，怎麼會死？你說過願意爲我赴湯蹈火，粉身碎骨，蜈蚣吸你一點血玩玩，你會粉身碎骨麼？」

游坦之無言可答，抬起頭來向阿紫瞧去，只見她紅紅的櫻唇下垂，頗有輕蔑之意，襯著嘴唇旁雪白的肌膚，委實美麗萬分，登時意亂情迷，就如著了魔一般，說道：「好，我遵從姑娘吩咐。」咬緊牙齒，閉上眼睛，右手慢慢伸入瓦甕。

他手指一伸入甕中，中指指尖上便如針刺般忽然劇痛。他忍不住將手一縮。阿紫叫道：「別動，別動！」游坦之強自忍住，睜開眼來，只見那條蜈蚣正咬住了自己中指，果然便在吸血。游坦之全身發毛，只想提起來往地下一甩，一腳踏了下去，但他雖不和阿紫相對，卻感覺到她銳利的目光射在自己背上，如同兩把利劍般要作勢刺下，怎敢稍有動彈？

好在蜈蚣吸血，並不甚痛，但見那蜈蚣漸漸腫大起來，自己的中指上卻也隱隱罩上了一層深紫之色。紫色由淺而深，慢慢轉成深黑，再過一會，黑色自指而掌，更自掌沿手臂上升。游坦之這時已將性命甩了出去，反而處之坦然，嘴角邊也微微露出笑容，只是這笑容套在鐵罩之下，阿紫看不到而已。

阿紫雙目凝視在蜈蚣身上，全神貫注，毫不怠忽。終於那蜈蚣放鬆了游坦之的手指，伏在甕底不動了。阿紫道：「你輕輕將蜈蚣放入小木鼎中，小心些，可別弄傷了牠。」

游坦之依言用木筷輕挾蜈蚣，放入錦凳前的小木鼎中，那蜈蚣竟毫不動彈。阿紫蓋上鼎蓋，過得片刻，木鼎的孔中有一滴滴黑血滴了下來。

阿紫臉現喜色，忙伸掌將血液接住，盤膝運功，將血液都吸入掌內。游坦之心道：「這是我的血液，卻到了她體中。原來她是在練蜈蚣毒掌。」

其實阿紫練的不是毒掌，而是「不老長春功」與「化功大法」，前者能以毒質長保青春，後者則是消人內力的邪術。阿紫曾偷聽到師父述說練功之法，不過師父說得簡略，她所知不詳，練法是否有效，也只能練一步算一步而已。

過了好一會，木鼎再無黑血滴下，阿紫揭起鼎蓋，見蜈蚣已然僵斃。

阿紫雙掌一搓，瞧自己手掌時，但見兩隻手掌如白玉無瑕，更無半點血污，知道從師父那裏偷聽來的練功之法確是如此，心下甚喜，捧起木鼎，將死蜈蚣倒在地下，匆匆出殿，一眼也沒瞧向游坦之，似乎此人便如那條死蜈蚣一般，再也沒甚麼用處了。

游坦之悵望阿紫的背影，直到她影蹤不見，解開衣衫看時，見黑氣已蔓延至胳窩，同時一條手臂也麻癢起來，霎時之間，便如千萬隻跳蚤在同時咬嚙一般。

他縱聲大叫，跳起身來，伸手去搔，一搔之下，更加癢得厲害，好似骨髓中、心肺中都有蟲子爬了進去，蠕蠕而動。痛可忍而癢不可耐，他跳上跳下，高聲大叫，鐵頭用力碰撞牆壁，噹噹聲響，只盼自己即時暈去，失卻知覺，免受這般難熬的奇癢。

又撞得幾下，啪的一聲，懷中掉出一件物事，一個油布包跌散了，露出一本黃皮小書，正是那日他拾到的那本梵文經書。這時劇癢之下，也顧不得去拾，但見那書從中翻開。他全身說不出的難熬，滾倒在地，亂擦亂撞。過得一會，俯伏著只是喘息，淚水、鼻涕、口涎都從鐵罩的嘴縫中流出，滴在經書上。昏昏沉沉中也不知過了多少時候，書頁上已浸滿了涕淚唾液，無意中一瞥，忽見書頁上彎彎曲曲的文字之間，竟現出一行漢字：「摩伽陀國欲三摩地斷行成就神足經」。這些字他也識不周全，又見漢字旁有個外國僧人圖形，這僧人姿勢奇特，腦袋從胯下穿過，伸了出來，雙手抓著兩隻腳。

他也沒心緒去留意書上的古怪姿勢，只覺癢得幾乎氣也透不過來了，撲在地下，亂撕身上衣衫，將上衣和褲子撕得片片粉碎，將肌膚往地面上猛力磨擦，擦得片刻，皮膚中便滲出血來。他亂滾亂擦，突然一不小心，腦袋竟從雙腿間穿過。他頭上套了鐵罩，急切間縮不回來，伸手想去相助，右手自然而然的抓住了右腳。

這時他已累得筋疲力盡，一時沒法動彈，只得喘過一口氣，見那本書攤在眼前，書中所繪的那外國僧人，姿勢竟然便與自己目前有點兒相似，既感驚異，又覺好笑，更奇怪的是，做了這個姿勢後，身上痲癢之感雖一般無二，透氣卻順暢得多了，當下也不急於要將腦袋從胯下縮回來，便這麼伏在地下，索性依照圖中僧人姿勢，連左手也去握住了左腳，下頸抵地。這麼一來，姿勢已與圖中的僧人無異，透氣更加舒服了。

如此伏著，雙眼與那書更加接近，再向那僧人看去，見他身上畫了許多極小的紅色箭頭。他這般伏著，甚是疲累，便放手站起。只一站起，立時又癢得透不過氣來，忙又將腦袋從雙腿間鑽過去，雙手握足，下頸抵地。只做了這古怪姿勢，透氣便即順暢。

他不敢再動，過了好一會，又去看那圖中蜷髮虬髯的僧人，以及他身上畫著的那些小箭頭，心中自然而然的隨著箭頭所指去存想，只覺右臂上的奇癢似乎化作一線暖氣，自喉頭而胸腹，繞了幾個彎，自雙肩而頭頂，再轉胸口而至小腹，慢慢的消失。看著僧人身上的小箭頭，接連這麼想了幾次，每次都有一條暖氣通入小腹，而臂上的奇癢便稍有減輕。他驚奇之下，也不暇去想其中原因，只這般照做，做到三十餘次時，臂上已僅餘微癢，再做十餘次，手指、手掌、手臂各處已全無異感。

他將腦袋從胯下縮出來，伸掌看去，手上的黑氣竟已全部退盡，他欣喜之下，突然驚呼：「啊喲，不好！蜈蚣的劇毒都給我搬入肚裏了！」但這時奇癢既止，便算有甚後患，也顧不得了，又想：「這本書上本來明明有字沒圖，怎地忽然文字不見了，卻多了個古怪的和尚？我無意之間，居然做出跟這和尚一般的姿勢？這和尚定是菩薩，來救我性命的。」當即跪倒在地，恭恭敬敬的向圖中怪僧磕頭，鐵罩撞地，噹噹有聲。

他自不知書中圖形，是用天竺一種藥草浸水繪成，濕時方顯，乾即隱沒，是以阿朱與蕭峯都沒見到。圖中姿勢與運功線路，已非原書《易筋經》，而是天竺一門極神異的瑜伽術，傳自摩伽陀國，叫做《欲三摩地斷行成就神足經》，與《易筋經》並不相干。少林上代高僧按照書上梵文顯字練成易筋經神功，卻與隱字所載的神足經全無干係。游坦之奇癢難當之時，涕淚橫流，恰好落上書頁，顯出了神足經圖形。神足經本是練功時化解外來魔頭的一門妙法，乃天竺國古代高人所創的瑜伽秘術，因此圖中所繪，也是天竺僧人。游坦之突然做出這姿式來，亦非偶然巧合，食噎則咳，飽極則嘔，原是人之天性。他在奇癢難當之時，以頭抵地，本出自然，不足為異，只是他涕淚剛好流上書頁，那倒確是巧合了。他呆了一陣，疲累已極，便躺在地下睡著了。

第二日一早，阿紫匆匆進殿，見到他赤身露體、蜷曲在地的古怪模樣，「啊」的一聲叫了出來，說道：「你幹甚麼？怎麼你還沒死？」游坦之一驚，說道：「小人……小人還沒死！」暗暗神傷：「原來她只道我已早死了。」

阿紫道：「你沒死那也好！快穿好衣服，跟我再出去捉毒蟲。」游坦之道：「是！」等阿紫出殿，去向契丹兵另討一身衣服。契丹兵見郡主對他青眼有加，便揀了一身乾淨衣服給他換上。

阿紫帶了游坦之來到荒僻之處，仍以神木王鼎誘捕毒蟲，以鷄血養過，再吮吸游坦之身上血液，然後用以練功。第二次吸血的是一隻青色蜘蛛，第三次則是一隻大蠍子。

游坦之每次依照書上圖形，化解蟲毒。

阿紫當年在星宿海偷看師父練此神功，每次都見到有一具屍首，均是本門弟子奉師命去擄掠來的附近鄉民，料來游坦之中毒後必死無疑，但見他居然不死，不禁暗暗稱異。如此不斷捕蟲練功，三個月下來，南京城外周圍十餘里中毒物越來越少，爲香氣引來的毒蟲大都細小孱弱，不中阿紫之意。兩人出去捕蟲時，便離城漸遠。

這一日來到城西三十餘里之外，木鼎中燒起香料，直等了一個多時辰，才聽得草叢中瑟瑟聲響，有甚麼蛇蟲過來。阿紫叫道：「伏低！」游坦之便即伏下身來，只聽得響聲大作，頗異尋常。

異聲中夾雜著一股中人欲嘔的腥臭，游坦之屏息不動，只見長草分開，一條白身黑章的大蟒蛇蜿蜒遊至。蟒頭作三角形，頭頂上高高生了個凹凹凸凸的肉瘤。北方蛇蟲本少，這蟒蛇如此異狀，更屬罕見。蟒蛇遊近木鼎，繞鼎打圈轉動，這蟒身長二丈，粗逾手臂，決計鑽不進木鼎，但牠聞到香料及木鼎的氣息，一顆巨頭不住用力去撞木鼎。

阿紫沒想到竟會招來這樣一件龐然大物，心下害怕，悄悄爬到游坦之身邊，低聲道：「怎麼辦？要是蟒蛇將木鼎撞壞了，豈不糟糕？」游坦之乍聽到她如此軟語商量的口吻，當眞受寵若驚，登時勇氣大增，說道：「不要緊，我去將蛇趕開！」站起身來，大踏步走向蟒蛇。那蛇聽到聲息，立時盤曲成團，昂起了頭，伸出血紅的舌頭，嘶嘶作聲，只待撲出。游坦之見了這等威勢，倒也不敢貿然上前。

便在此時，忽覺得一陣寒風襲體，只見西北角上一條火線燒了過來，頃刻間便燒到了面前。一到近處，看得清楚，原來不是火線，卻是草叢中有甚麼東西爬過來，青草遇到，立變枯焦，同時寒氣越來越盛。他退後了幾步，只見草叢枯焦的黃線移向木鼎，卻是一條蠶蟲。

這蠶蟲純白如玉，微帶青色，比尋常蠶兒大了一倍有餘，便似一條蚯蚓，身子透明如水晶。那蟒蛇本來氣勢洶洶，這時卻似乎怕得要命，盡力將一顆三角大頭縮到身子下面藏了起來。那水晶蠶兒迅速異常的爬上蟒蛇身子，從尾部一路向上爬行，便如一條熾熱的炭火一般，在蟒蛇的脊梁上燒出了一條焦線，爬到蛇頭之時，蛇皮崩開，蟒蛇的長身從中分裂爲二。那蠶兒鑽入蟒蛇頭旁的毒囊，吮吸毒液，頃刻間身子便脹大了不少，遠遠瞧去，就像是一個水晶瓶中裝滿了青紫色的液汁。

阿紫又驚又喜，低聲道：「這條蠶兒好厲害，看來是毒物中的大王了。」游坦之卻暗自憂急：「如此劇毒的蠶蟲倘若來吸我的血，這一次可性命難保了。」

那蠶兒繞著木鼎遊了一圈，向鼎上爬去，所經之處，鼎上也刻下了一條焦痕。蠶兒似通靈一般，在鼎上爬了一圈，似乎知道如鑽入鼎中，有死無生，竟不似其餘毒物一般鑽入鼎中，又從鼎上爬下，向西北而去。

阿紫又興奮又焦急，叫道：「快追，快追！」取出錦緞罩在鼎上，抱起木鼎，向蠶兒追了下去。游坦之跟隨其後，沿著焦痕追趕。這蠶兒雖是小蟲，竟爬行如風，一眨眼間便爬出數丈，好在所過之處有焦痕留下，不致失了蹤跡。

兩人片刻間追出了三四里地，忽聽得前面水聲淙淙，來到一條溪旁。焦痕到了溪邊，便即消失，再看對岸，也無蠶蟲爬行過的痕跡，顯然蠶兒掉入了溪水，給沖下去了。阿紫頓足埋怨：「你也不追得快些，這時候卻又到那裏找去？我不管，你非給我捉回來不可！」游坦之心下惶惑，東找西尋，卻那裏尋得著？

兩人尋了一個多時辰，天色暗了下來，阿紫既感疲倦，又沒了耐心，怒道：「說甚麼也得給我捉了來，否則不用再來見我。」說著轉身離去，逕自回城。

游坦之好生焦急，只得沿溪向下游尋去，尋出七八里地，暮色蒼茫之中，突然在對岸草叢中又見到了焦線。游坦之大喜，衝口而出的叫道：「姑娘，姑娘，我找到了！」但阿紫早已去遠。游坦之涉水而過，循著焦線追去，只見焦線直通向前面山坳。他鼓氣疾奔，山頭盡處，赫然是一座構築宏偉的大廟。

他快步奔近，見廟前匾額寫著「憫忠寺」三個大字。不暇細看廟宇，順著焦線追去。那焦線繞過廟旁，通向廟後。但聽得廟中鐘磬木魚及誦經之聲此起彼伏，羣僧正做功課。他頭上戴了鐵罩，自慚形穢，深恐給寺僧見到，於是沿著牆腳悄悄而行，見焦線通過了一大片泥地，來到廟後一座菜園之中。

他心下甚喜，料想菜園中不會有甚麼人，只盼蠶兒在吃菜，便可將之捉了來，走到菜園的籬笆之外，聽得園中有人在大聲叱罵，他立即停步。

只聽那人罵道：「你怎地如此不守規矩，獨個兒偷偷出去玩耍？害得老子躭心了半天，生怕你從此不回來了。老子從崑崙山巔萬里迢迢的將你帶來，你太也不知好歹，不懂老子對待你一片苦心。這樣下去，你還有甚麼出息？將來自毀前途，誰也不會來可憐你！」那人語氣雖甚惱怒，卻頗有期望憐惜之意，似是父兄教誨頑劣的子弟。

游坦之尋思：「他說甚麼從崑崙山巔萬里迢迢的將他帶來，多半是師父或是長輩，不是父親。」悄悄掩到籬笆之旁，見說話的人是個和尚。這和尚肥胖已極，身材卻又極矮，尤其凸了個大肚子，便如是有了八九個月身孕的婦女一般，宛然是個大肉球，手指地下，兀自申斥不休。游坦之向地下望去，又驚又喜，那矮胖大肚和尚所申斥的，正是那條透明的大蠶。

這大肚和尚的長相已是甚奇，而他居然以這等口吻向那條蠶兒說話，更加匪夷所思。那蠶兒在地下急速游動，似要逃走一般。只是一碰到一道無形的牆壁，便即轉頭。游坦之凝神看去，見地下畫著一個黃色圓圈，那蠶兒左衝右突，始終沒法越出圈子，當即省悟：「這圓圈是用藥物畫的，這藥物是那蠶兒的剋星。」

那大肚和尚罵了一陣，從懷中掏出一物，大啃起來，卻是個煮熟了的羊頭，他吃得津津有味，從柱上摘下一個葫蘆，拔開塞子，仰起脖子，咕嚕咕嚕的喝個不休。

游坦之聞到酒香，知道葫蘆裏裝的是酒，心想：「原來是個酒肉和尚。看來這條蠶兒是他所養，而且他極之寶愛。卻怎麼去盜了來？」

正尋思間，忽聽得菜園彼端有人叫道：「慧淨，慧淨！」那大肚和尚一聽，吃了一驚，忙將羊頭和酒葫蘆在稻草堆中一塞。只聽那人又叫：「慧淨，慧淨，你不去做晚課，躲到那裏去啦？」那大肚和尚搶起腳邊的一柄鋤頭，手忙腳亂的便在菜畦裏鋤菜，應道：「我在鋤菜哪。」那人走了過來，是個中年和尚，冷冰冰的道：「晨課晚課，人人要做！甚麼時候不好鋤菜，卻在晚課時分來鋤？快去，快去！做完晚課，再來鋤菜好了。在憫忠寺掛單，就得守憫忠寺的規矩。難道你少林寺就沒廟規家法嗎？」那大肚和尚慧淨應道：「是！」放下鋤頭，跟著他去了，不敢回頭瞧那蠶兒。

游坦之心道：「這大肚和尚原來是少林寺的。少林和尚個個身有武功，我偷他蠶兒，可得加倍小心。」等二人走遠，聽四下悄悄地，便從籬笆中鑽了進去，見那蠶兒兀自在黃圈中迅速游走，心想：「卻如何捉牠？」呆了半晌，主意忽生，從草堆中摸了那葫蘆出來，一搖還有半葫蘆酒，他拔開木塞，喝了幾口，將殘酒倒入菜畦，將葫蘆口慢慢移向黃線繪成的圓圈。葫蘆口一伸入圈內，那蠶兒嗤的一聲，鑽入了葫蘆。游坦之大喜，忙將木塞塞住葫蘆口子，雙手捧著葫蘆，鑽出籬笆，三腳兩步的自原路逃回。

離憫忠寺不過數十丈，便覺葫蘆冷得出奇，直比冰塊更冷，他將葫蘆從右手交到左手，又從左手交到右手，當眞奇寒徹骨，實在拿捏不住。無法可施，將葫蘆頂在頭上，這一來可更加不得了，冷氣傳上鐵罩，只凍得他腦袋疼痛難當。他情急智生，解下腰帶，縛在葫蘆腰裏，提在手中，腰帶不會傳冷，方能提著。但冷氣還是從葫蘆上冒出來，片刻之間，葫蘆外便結了一層白霜。

法力無邊
星宿老仙
威震天下
神通廣大

只見二十餘人有的拿著鑼鼓樂器，有的手執長旛錦旗。絲竹鑼鼓聲中，一個白髮老翁緩步而出。那老翁臉色紅潤，手搖鵝毛扇，神情瀟洒，便如圖畫中的神仙一般。

二九　蟲豸凝寒掌作冰

游坦之提了葫蘆，快步而行，回到南京，向阿紫稟報，說已捉到冰蠶。

阿紫大喜，忙命他將蠶兒養入瓦甕。其時三月暮春，天氣漸暖，但冰蠶一入偏殿，殿中便越來越冷。這一晚游坦之在被窩中瑟瑟發抖，凍得沒法入睡，只想：「這條蠶兒之怪，當眞天下少有。倘若姑娘要牠來吮我的血，就算不毒死，也凍死了我。」

阿紫接連捉了好幾條毒蛇、毒蟲來和之相鬥，都是給冰蠶在身旁繞了一個圈子，便即凍斃僵死，給冰蠶吸乾了汁液。接連十餘日中，沒一條毒蟲能稍作抵擋。這日阿紫來到偏殿，說道：「鐵丑，今日要殺冰蠶了，你伸手到瓦甕中，讓蠶兒吸血罷！」

游坦之這些日子中白天擔憂，晚間發夢，所怕的便是這一刻辰光，到頭來這位姑娘竟毫不容情，終於要他和冰蠶同作犧牲，心下黯然，向阿紫凝望半晌，不言不動。

阿紫只想：「我無意中得到這件異寶，所練成的神功，或能厲害過師父。」說道：「你伸手入甕罷！」游坦之淚水滂滂而下，跪下磕頭，說道：「姑娘，你練成毒掌之後，別忘了為你而死的小人。我姓游，名坦之，可不是甚麼鐵丑。」阿紫微微一笑，說道：「好，你叫游坦之，我記著就是，你對我很忠心，很好，是個挺忠心的奴才！」

游坦之聽了她幾句稱讚，大感安慰，又磕了兩個頭，說道：「多謝姑娘！」但終不願就此束手待斃，雙足一挺，倒轉身子，腦袋從胯下鑽出，左手抓足，右手伸入甕中，心中便想著書中怪僧身上的紅色小箭頭。突然食指尖上微微一癢，一股寒氣猶似冰箭，循著手臂，迅速無倫的射入胸膛，游坦之心中只記著小箭頭所指的方向，那道寒氣果眞順著心中所想的脈絡，自指而臂，又自腦袋而至胸腹，細線所到之處，奇寒徹骨。

阿紫見他做了這個古怪姿勢，大感好笑，過了良久，見他仍這般倒立，不禁詫異，走近身去看時，只見冰蠶咬住了他食指。冰蠶身子透明如水晶，一條血線從冰蠶之口流入，經過蠶身左側，兜了個圈子，又從右側注向口中，流回游坦之食指。

又過一陣，見游坦之的鐵頭上、衣服上、手腳上，都布上一層薄薄的白霜，阿紫心想：「這奴才是死了。否則活人身上有熱氣，怎能結霜？」但見冰蠶體內仍有血液流轉，顯然吮血未畢。突然之間，冰蠶身上忽有絲絲熱氣冒出。

阿紫正驚奇間，嗒的一聲輕響，冰蠶從游坦之手指上掉落。她手中早已拿著一根木棍，用力搗下。她本想冰蠶甚爲靈異，這一棍未必搗得牠死，那知牠跌入甕中之後，肚腹朝天，呆呆蠢蠢的一時翻不轉身。阿紫一棍舂下，登時搗得稀爛。

阿紫大喜，忙伸手入甕，將冰蠶的漿液血水塗上雙掌掌心，閉目行功，將漿血都吸入掌內。她一次又一次的塗漿運功，直至甕底的漿血吸得乾乾淨淨，這才罷手。

她累了半天，欠伸站起，見游坦之仍是腦袋鑽在雙腿之間，倒豎而立，全身雪白，結滿了冰霜。她甚感駭異，伸手去摸他身子，觸手奇寒，衣衫也都已冰得僵硬。她又驚訝，又好笑，傳進室里，命他將游坦之拖出去葬了。

室里帶了幾名契丹兵，將游坦之的屍身放入馬車，拖到城外。阿紫既沒吩咐好好安葬，室里也懶得費心挖坑埋葬，見道旁有條小溪，將屍體丟入溪中，便即回城。

室里這麼一偷懶，卻救了游坦之的性命。原來游坦之手指一給冰蠶咬住，當即以《欲三摩地斷行成就神足經》中運功之法，化解毒氣，血液爲冰蠶吸入體內後，又回入他手指血管，將這劇毒無比的冰蠶寒毒吸進了體內。阿紫再吸取冰蠶的漿血，卻已全無效用，只白辛苦了一場。倘若游坦之已練會《斷行成就神足經》的全部行功法訣，自能將冰蠶的寒毒逐步消解，大增功力。但他只學會一項法門，入而不出。這冰蠶寒毒乃第一陰寒奇質，登時便將他凍僵了。

要是室里將他埋入土中，即使數百年後，也未必便化，勢必成爲一具殭屍。這時他身入溪水，緩緩流下，十餘里後，小溪轉彎，身子給溪旁的蘆葦攔住了。過不多時，身旁的溪水都結成了冰。溪水不斷沖激洗刷，將他體內寒氣一點一滴的刷去，終於他身外的冰塊慢慢融化。幸而他頭戴鐵罩，鐵質冷得快，也熱得快，是以鐵罩內外的凝冰最先融化，才不淹死。他腦子一清醒，便從溪中爬了上來，全身玎玎璫璫的兀自留存著不少冰塊。身子初化爲冰之時，並非全無知覺，只是結在冰中，沒法動彈。後來終於凍得昏迷了過去，此刻死裏逃生，宛如做了一場大夢。

他坐在溪邊，想起自己對阿紫忠心耿耿，甘願以身去餵毒蟲，助她練功，自己身死之後，阿紫竟連嘆息也無一聲。當時他從冰中望出來，見她笑逐顏開的取出冰蠶漿血，塗在掌上練功，只側頭瞧著自己，但覺自己死得有趣，頗爲奇怪，絕無半分惋惜。

他又想：「冰蠶具此劇毒，抵得過千百種毒蟲毒蛇，姑娘吸入掌中之後，她毒掌當然是練成了。我若回去見她……」突然身子一顫，打了個寒噤，心想：「她一見到我，定是拿我來試她的毒掌。倘若毒掌練成，自然一掌將我打死了。倘若還沒練成，又會叫我去捉毒蛇毒蟲，直到她毒掌練成、能將我一掌打死爲止。始終是死，我回去做甚麼？」

他站起身來，抖去身上的冰塊，尋思：「卻到那裏去好？」

找喬峯報殺父之仇，那是想也不敢再想了。一時拿不定主意，只在曠野、荒山之中信步遊蕩，摘拾野果，捕捉禽鳥小獸爲食。到第二日傍晚，突然身子發冷，寒顫難當，便取出那本《神足經》來，想學著圖中怪僧的姿勢照做，盼能如當日除癢一般驅寒。

那書在溪水中浸濕了，兀自未乾，他小心翼翼的翻動，惟恐弄破了書頁，卻見每一頁上忽然都顯出一個怪僧的圖形，姿勢各不相同。他凝思良久，終於明白，書中圖形遇濕即顯，倒不是菩薩現身救命，於是便照第一頁中圖形，依式而爲，更依循怪僧身上的紅色小箭頭心中存想，隱隱覺得有一條極冷的冰線，在四肢百骸中行走，便如那條冰蠶復活了，在身體內爬行一般。他害怕起來，急忙站直，體內冰蠶便即消失。

此後兩個時辰之中，他只是想：「鑽進了我體內的冰蠶不知走了沒有？」可是觸不到、摸不著，無影無蹤，終於忍耐不住，又做起古怪姿勢來，依著怪僧身上紅色小箭頭存想，過不多時，果然那條冰蠶又在身體內爬行起來。他大叫一聲，心中不再存想，冰蠶便即不知去向，若再存念，冰蠶便又爬行。

冰蠶每爬行一會，寒冷便減，全身說不出的溫暖暢快。書中怪僧姿勢甚多，怪僧身上的小箭頭也盤旋曲折，變化繁複。他依循不同姿勢呼召冰蠶，體內忽涼忽暖，各有不同的舒泰。一個月後，冰蠶在體內運行路線既熟，便即自動行走，不須以心意推運，游坦之對這本經書也即不加珍視，某次翻閱時無意間撕毀數頁，便即毀去拋棄了。

如此過得數月，捕捉禽獸之際漸覺手足輕靈，縱躍之遠，奔跑之速，更遠非以前所能。一日晚間，一頭餓狼出來覓食，向他撲將過來。游坦之大驚，待欲發足奔逃，餓狼的利爪已搭上肩頭，露出尖齒，向他咽喉咬來。他驚惶之下，隨手一掌，打在餓狼頭頂。那餓狼打了個滾，扭曲了幾下，就此不動了。游坦之轉身逃出數丈，見那狼始終不動，心下大奇，拾起一塊石頭投去，石中狼身，那狼仍然不動。他驚喜之下，躡足過去看時，那狼竟已死了。他萬想不到自己這麼隨手出掌，竟能如此厲害，將手掌翻來覆去的細看，也不見有何異狀，情不自禁的叫道：「冰蠶的鬼魂眞靈！」

他只道冰蠶死後鬼魂鑽入他體內，以致顯此大能，卻不知那純係神足經之功，再加那冰蠶確是世上罕有寒毒之物，這股厲害的寒毒爲他吸入體內，以神足經所載的神異古瑜伽術修習，內力中便附有極凌厲的陰勁。

梵文《易筋經》本是武學中至高無上的寶典，只修習的法門甚爲不易，須得勘破「我相、人相」，心中不存修習武功之念。但修習此上乘武學之僧侶，必定勇猛精進，以期有成，那一個不想儘快從修習中得到好處？要「心無所住」，當眞千難萬難。少林寺過去數百年來，修習易筋經的高僧著實不少，但窮年累月的用功，往往一無所得，於是衆僧以爲此經並無靈效，當日爲阿朱偷盜了去，寺中衆高僧雖然恚怒，卻也不當一件大事。至於以隱形草液所書繪的瑜伽《神足經》，則爲天竺古修士所書，後來天竺高僧見到該書，圖字既隱，便以爲是白紙書本，輾轉帶到中土，在其上以梵文抄錄達摩祖師所創的《易筋經》，卻無人知道爲一書兩經。這時游坦之無心習功，只依照《神足經》上圖形呼召體內的冰蠶來去出沒，而求好玩嬉戲，不知不覺間功力日進。《易筋經》本是一門深奧的內功祕訣，二祖神光大師譯成漢文之後，在少林寺中傳到後世，常為高深武學的根基。但梵文本既為游坦之所毀，後世所傳的漢譯本《易筋經》亦僅一書一經，更無隱形圖字的《欲三摩地斷行成就神足經》的神異瑜伽術了。

他此後數日中接連打死了幾頭野獸，自知掌力甚強，膽子也漸漸大了起來，不斷的向南而行，他生怕只消有一日不去呼召冰蠶的鬼魂，「蠶鬼」便會離己而去，因此每日呼召，不敢間斷。那「蠶鬼」倒也招之即來，甚是靈異。

漸行漸南，這一日已到了中州河南地界。他自知鐵頭駭人，白天只在荒野山洞樹林中歇宿，一到天黑，才出來到人家去偷食。其時他身手已敏捷異常，始終沒給人發覺。

這一日他在路邊一座小破廟中睡覺，忽聽得腳步聲響，有三人走進廟來。他忙躲在神龕之後，不敢和人朝相。只聽那三人走上殿來，就地坐倒，唏哩呼嚕的吃起東西來。三人東拉西扯的說了些江湖上的閒事，忽然一人問道：「你說喬峯那廝到底躲到了那裏，怎地一年多來，始終聽不到他半點訊息？」

游坦之一聽得「喬峯」兩字，心中一凜，登時留上了神。只聽另一人道：「這廝作惡多端，做了縮頭烏龜啦，只怕再也找他不到了。」先一人道：「那也未必。他是待機而動，只等有人落了單，他就這麼幹一下子。你倒算算看，聚賢莊大戰之後，他又殺了多少人？徐長老、譚公譚婆夫婦、趙錢孫、泰山鐵面判官單老英雄全家、天台山智光老和尙、丐幫的馬夫人、白世鏡長老，唉，當眞數也數不清了。」

游坦之聽到「聚賢莊大戰」五字，心中酸痛，那人以後的話就沒怎麼聽進耳去，過了一會，聽得一個蒼老的聲音道：「喬幫主一向仁義待人，想不到……唉……想不到，這眞是劫數使然。咱們走罷。」說著站起身來。

另一人道：「老汪，你說本幫要推新幫主，到底會推誰？」那蒼老的聲音道：「我不知道！推來推去，已推了一年多，總是推不出一個全幫上下都佩服的英雄好漢，唉，大夥兒走著瞧罷。」另一人道：「我知道你的心思，總是盼喬峯那廝再來做咱們幫主。你乘早別發這淸秋大夢罷，這話傳到了全舵主耳中，只怕你性命有點兒難保。」那老汪急了，說道：「小畢，這話可是你說的，我幾時說過盼望喬幫主再來當咱們幫主？」小畢冷笑道：「你口口聲聲還是喬幫主長、喬幫主短，那還不是一心只盼喬峯那廝來當幫主？」老汪怒道：「你再胡說八道，瞧我不揍死你這小雜種。」第三人勸道：「好啦，好啦，大家好兄弟，別爲這事吵鬧，快去罷，可別遲到了。喬峯怎麼又能來當咱們幫主？他是契丹狗種，大夥兒一見到，就得跟他拚個你死我活。再說，大夥兒就算請他來當幫主，他又肯當嗎？」老汪嘆了口氣，道：「那也說得是。」說著三人走出廟去。

游坦之心想：「丐幫要找喬峯，到處找不到，他們又怎知這廝在遼國做了南院大王啦。我這就跟他們說去。丐幫人多勢衆，再約上一批中原好漢，或許便能殺得了這惡賊。我跟他們一起去殺喬峯。」想起到南京就可見著阿紫，胸口登時便熱烘烘地。

當下快步從廟中出來，見三名丐幫弟子沿山路逕向西行，便悄悄跟隨在後。這時暮色已深，荒山無人，走出數里後，來到一個山坳，遠遠望見山谷中生著一個大火堆，游坦之尋思：「我這鐵頭甚奇，他們見到了定要大驚小怪，且躲在草叢中聽聽再說。」鑽入長草叢中，慢慢向火堆爬近。但聽得人聲嘈雜，聚在火堆旁的人數著實不少。游坦之這些時候來苦受折磨，再也不敢粗心大意，越近火堆，爬得越慢，爬到一塊大巖石之後，離火堆約有數丈，便不敢再行向前，伏低了身子傾聽。

火堆旁衆人一個個站起來說話。游坦之聽了一會，聽出是丐幫大智分舵的幫衆在此聚會，商議在日後丐幫大會之中，大智分舵要推選何人出任幫主。有人主張推宋長老，有人主張推吳長老。另有一人道：「說到智勇雙全，該推本幫的全舵主，只可惜全舵主那日給喬峯那廝假公濟私，革退出幫，回歸本幫的事還沒辦妥。」又有一人道：「喬峯的奸謀，是我們全舵主首先奮勇揭開的，全舵主有大功於本幫，歸幫的事易辦得很。大會一開，咱們先辦全舵主歸幫的事，再提出全舵主那日所立的大功來，然後推他爲幫主。」

一個清朗的聲音說道：「本人歸幫的事，那倒順理成章。但衆位兄弟要推我爲幫主，這件事卻不能提，否則的話，別人還道兄弟揭發喬峯那廝的奸謀，乃出於私心。」一人大聲道：「全舵主，有道是當仁不讓。我瞧本幫那幾位長老，武功雖然了得，但說到智謀，沒一個及得上你。我們對付喬峯那廝，是鬥智不鬥力，全舵主……」那全舵主道：「施兄弟，我還未正式歸幫，這『全舵主』三字，暫且不能叫。」

圍在火堆旁的二百餘名乞丐紛紛道：「宋長老吩咐了的，請你暫時仍任本舵舵主，這『全舵主』三字，爲甚麼叫不得？」「將來你做上了幫主，那也不會希罕這『舵主』的職位了。」「全舵主就算暫且不當幫主，至少也得升爲長老，只盼那時候仍然兼領本舵。」「對了，就算全舵主當上了幫主，也仍然可兼做咱們大智分舵的舵主啊。」

正說得熱鬧，一名幫衆從山坳口快步走來，朗聲道：「啓稟舵主，大理國段王子前來拜訪。」全冠清當即站起，臉有喜色，說道：「大理國段王子？他親自來看我，很給面子啊！」大聲道：「衆位兄弟，大理段家是著名的武林世家，段王子親自過訪，大夥兒一齊迎接。」當即率領幫衆，迎到山坳口。

只見一位青年公子笑吟吟的站在當地，身後帶著七八名從人。那青年公子正是段譽。兩人拱手見禮，卻是素識，當日在無錫杏子林中曾經會過。全冠清當時不知段譽的身分來歷，此刻想起，那日自己給喬峯驅逐出幫的醜態，都給段譽瞧在眼裏，不禁微感尷尬，但隨即寧定，抱拳道：「不知段王子過訪，未克遠迎，尚請恕罪。」段譽笑道：

「好說，好說。晚生奉家父之命，有一件事要奉告貴幫，卻是打擾了。」

兩人說了幾句客套話。段譽引見了隨同前來的古篤誠、傅思歸、朱丹臣三人。全冠清請段譽到火堆之前的一塊巖石上坐下，幫衆獻上酒來。

段譽接過喝了，說道：「年餘之前，家父在信陽軍貴幫故馬副幫主府上，承貴幫呂長老等接待，又不追究家父對貴幫失禮之事，甚是感激。本應親來貴幫總舵謝罪，只是家父受了些傷，將養至今始愈，而貴幫諸位長老行蹤無定，未能遇上，家父修下的一通書信，始終無法奉上。數日前得悉貴舵要在此聚會，這才命晚生趕來。一來送信，二來鄭重致謝，並奉上薄禮。」說著從袖中抽出一封書信，站起身來，遞了過去。朱丹臣也呈上一包禮物。

全冠清雙手接過，說道：「有勞段王子親自送信，並賜厚禮，段王爺眷愛之情，敝幫上下，盡感大德。」見那信密密固封，封皮上寫著：「謹呈丐幫諸位長老親啓」十個大字，心想自己不便拆閱，又道：「敝幫不久將有全幫聚會，諸位長老均將到來，在下自當將段王爺的大函奉交諸位長老。」段譽道：「如此有勞了，晚生告辭。」

全冠清連忙稱謝，送了出去，說道：「敝幫白長老和馬夫人不幸遭奸賊喬峯毒手，當日段王爺目睹這件慘事嗎？」段譽搖頭道：「白長老和馬夫人不是喬大哥害死的，殺害馬副幫主的也另有其人。當日家父與呂長老等人親耳聽到眞兇自白眞相，全舵主自可從呂長老等人口中得知詳情。」心想：「這件事情說來話長，你這廝不是好人，不必跟你多說。你們自己人窩裏反，還是讓你們自己人來說罷！」向全冠清一抱拳，說道：「後會有期，不勞遠送了。」

他轉身走到山坳口，迎面見兩名丐幫幫眾陪著兩條漢子過來。那兩名漢子互相使個眼色，走上幾步，向段譽躬身行禮，呈上一張大紅請柬。段譽接過一看，見柬上寫著四行字道：

「蘇星河奉請武林中各位精通棋藝之才俊，於六月十五日駕臨汝南擂鼓山天聾地啞谷一敘。」

段譽素喜弈棋，見到這四行字，精神一振，喜道：「那好得很啊，晚生若無俗務羈身，屆時必到。但不知兩位何以得知晚生能棋？」那兩名漢子臉露喜色，口中咿咿啞啞，大打手勢，原來兩人都是啞巴。段譽看不懂他二人的手勢，微微一笑，向朱丹臣道：「擂鼓山此去不遠罷？」將那請柬交給他。

朱丹臣接過一看，先向那兩名漢子抱拳道：「大理國鎮南王世子段公子，多多拜上聰辯先生，先此致謝，屆時自當奉訪。」指指段譽，做了幾個手勢，表示允來赴會。

兩名漢子躬身向段譽行禮，隨即又取出一張請柬，呈給全冠清。

全冠清接過看了，恭恭敬敬的交還，搖手說道：「丐幫大智分舵暫領舵主之職全冠清，拜上擂鼓山聰辯先生，全某棋藝低劣，貽笑大方，不敢赴會，請聰辯先生見諒。」兩名漢子躬身行禮，又向段譽行了一禮，轉身而去。

朱丹臣這才回答段譽：「擂鼓山在汝州上蔡之南，此去並不甚遠。」

段譽與全冠清別過，出山坳而去，問朱丹臣道：「那聰辯先生蘇星河是甚麼人？是中原的棋國手嗎？」朱丹臣道：「聰辯先生，就是聾啞先生。」

段譽「啊」了一聲，「聾啞先生」的名頭，他在大理時曾聽伯父與父親說起過，知是中原武林的一位高手耆宿，又聾又啞，但據說武功甚高，伯父提到他時，語氣中頗為敬重。朱丹臣又道：「聾啞先生身有殘疾，卻偏偏要自稱『聰辯先生』，想來是自以為『心聰』、『筆辯』，勝過常人的『耳聰』、『舌辯』。」段譽點頭道：「那也有理。」走出幾步後，長長嘆了口氣。

他聽朱丹臣說聾啞先生的「心聰」、「筆辯」，勝過常人的「耳聰」、「舌辯」，不禁想到王語嫣的「口述武功」勝過常人的「拳腳兵刃」。

那日段譽在無錫和阿朱救出丐幫人衆後，不久包不同、風波惡二人趕來和王語嫣、朱碧雙姝會合。他五人便要北上去尋慕容公子。段譽自然想跟隨前去。風波惡感念他口吸蠍毒之德，甚表歡迎。包不同言語之中卻極不客氣，怪責段譽不該喬裝慕容公子，敗壞他的令名，說到後來，竟露出「你不快滾，我便要打」之意，而王語嫣只絮絮和風波惡商量到何處去尋表哥，對段譽處境之窘迫竟視而不見。唯有阿碧眼中流露出盼望段譽同行，但她溫順靦腆，不敢出口。段譽無可奈何，只得與慕容家各人分手，心想自從給鳩摩智擒拿北來，伯父與父母必甚掛念，而自己也想念親人，便即回歸大理。

在大理過得年餘，段譽每日裏只念念不忘王語嫣的一顰一笑，雖知這番相思總歸沒有善果，但心念難以割捨，不免日漸憔悴。

段正淳那日在馬大元家中與馬夫人私會，險些喪命，丐幫呂長老等人闖來，將他送出。段正淳既感尷尬，又心存感激。他為馬夫人所傷後，內力沖激，患病臥床，只得在中原養傷，其實是在豫南和阮星竹雙宿雙飛，享那溫柔之福。段正淳派遣傅思歸回到大理，向保定帝稟告情由，段譽在旁聽了，正好找到個藉口，稟明保定帝後，便隨傅思歸又來中原，與父親相聚。

父子久別重逢，都是不勝之喜。段譽簡述別來情形。阮星竹更對這位小王子竭力奉承。阿紫卻早已不別而行，兄妹倆未得相見。段正淳和阮星竹以阿朱、阿紫之事說來尷尬，只三言兩語的約略一提。段譽知是父親的常事，不以為奇，也不追問。這日奉了父命，帶同古篤誠、傅思歸、朱丹臣三人，去向丐幫賠禮致謝。

朱丹臣見段譽長吁短嘆，不知他思念王語嫣，還道他是記掛木婉清，此事無可勸慰，心想最好是引他分心，說道：「那聰辯先生廣發帖子，請人去下棋，棋力想必極高。公子爺待回稟過鎮南王後，不妨去跟這聰辯先生下幾局。」

段譽點頭道：「是啊，枰上黑白，可遣煩憂。只是她雖熟知天下各門各派的武功，胸中甲兵，包羅萬有，卻不會下棋。聰辯先生這個棋會，她是不會去的了。」

朱丹臣莫名其妙，不知他說的是誰，這一路上老是見他心不在焉，前言不對後語，倒也見得慣了，聽得多了，當下也不詢問。

一行人縱馬向西北方而行。段譽在馬上忽而眉頭深鎖，忽爾點頭微笑，喃喃自語：「佛經有云：『當思美女，身藏膿血，百年之後，化爲白骨。』話雖不錯，但她就算百年之後化爲白骨，那也是美得不得了的白骨啊。」正自想像王語嫣身內骨骼是何等模樣，忽聽得身後馬蹄聲響，兩乘馬疾奔而來。馬鞍上各伏著一人，黑暗之中也看不清是何等樣人。

這兩匹馬似乎不受羈勒，直衝向段譽一行人。傅思歸和古篤誠分別伸手，拉住了一匹奔馬的韁繩，見馬背上的乘者一動不動。傅思歸微微一驚，湊近去看時，見那人原來是聾啞先生的使者，臉上似笑非笑，卻早已死了。只在片刻之前，這人曾遞了一張請柬給段譽，怎麼好端端地便死了？另一個也是聾啞先生的使者，也是這般面露詭異笑容而死。傅思歸等一見，便知兩人是身中劇毒而斃命，勒馬退開兩步，不敢去碰兩具屍體。

段譽怒道：「丐幫這姓全的舵主好生歹毒，爲何對人下此毒手？我跟他理論去。」

兜轉馬頭，便要回去質問全冠淸。

前面黑暗中突然有人發話道：「你這小子不知天高地厚，普天下除了星宿老仙的門下，又有誰能有這等殺人於無形的能耐？聾啞老兒乖乖的躲起來做縮頭烏龜，那便罷了，倘若出來現世，星宿老仙決計放他不過。喂，小子，這不干你事，趕快給我走罷。」

朱丹臣低聲道：「公子，這是星宿派的人物，跟咱們不相干，走罷。」

段譽見不著王語嫣，早已百無聊賴，聾啞老人這兩個使者若有性命危險，他必定奮勇上前相救，此刻既已死了，也就不想多惹事端，嘆了口氣，說道：「單是聾啞，那也不夠。須得當初便眼睛瞎了，鼻子聞不到香氣，心中不能轉念頭，那才能解脫煩惱。」

他說的是既見到了王語嫣，她的聲音笑貌、一舉一動，便即深印在心，縱然又聾又啞，相思之念也已不可斷絕。不料對面那人哈哈大笑，鼓掌叫道：「對，對！你說得有理，該當去戳瞎了他眼睛，割了他鼻子，再打得他心中連念頭也不會轉才是。」

段譽嘆道：「外力摧殘，那是沒用的。須得自己修行，『不住色生心，不住聲香味觸法生心，應無所住，而生其心』，可是若能『離一切相』，已是大菩薩了。我輩凡夫俗子，如何能有此修為？『怨憎會，愛別離，求不得，五陰熾盛』，此人生大苦也。」

游坦之伏在巖石後的草叢之中，見段譽等一行來了又去，隨即聽到前面有人呼喝之聲。便在此時，兩名丐幫弟子快步奔來，向全冠清低聲道：「全舵主，那兩個啞巴不知怎樣給人打死了，下手的人自稱是星宿派甚麼『星宿老仙』的手下。」

全冠清吃了一驚，臉色登時變了。他素聞星宿海星宿老怪之名，此人擅使劇毒，武功亦是奇高，尋思：「他的門人殺了聾啞老人的使者，此事不跟咱們相干，別去招惹的為是。」便道：「知道了，他們鬼打鬼，別去理會。」

突然之間，身前有人發話道：「你這傢伙胡言亂語，既知我是星宿老仙門下，怎地還膽敢罵我為鬼？你活得不耐煩了。」全冠清一驚，情不自禁的退了一步，火光下只見一人直挺挺的站在面前，乃是自己手下一名幫眾，再凝神看時，此人似笑非笑，模樣詭異，身後似乎另行站得有人，喝道：「閣下是誰，裝神弄鬼，幹甚麼來了？」

那丐幫弟子身後之人陰森森的道：「好大膽，你又說一個『鬼』字！老子是星宿老仙門下。星宿老仙駕臨中原，眼下要用二十條毒蛇，一百條毒蟲。你們丐幫中毒蛇毒蟲向來齊備，快快獻上。星宿老仙瞧在你們恭順擁戴的份上，便放過了你們這批窮叫化兒。否則的話，哼哼，這人便是榜樣。」

砰的一聲，眼前那丐幫弟子突然飛身而起，摔在火堆之旁，一動不動，原來早已死去。這丐幫弟子一飛開，露出一個身穿葛衫的矮子，不知他於何時欺近，殺死了這丐幫弟子，躲在他身後。全冠清又驚又怒，尋思：「星宿老怪找到了丐幫頭上，眼前之事，若不屈服，便得一拚。此事雖然凶險，但若我憑他一言威嚇，便即獻上毒蛇毒蟲，幫中兄弟從此便再也瞧我不起。我想做丐幫幫主固然無望，連在幫中立足也不可得。好在星宿老怪並未親來，諒這傢伙孤身一人，也不用懼他。」當即笑吟吟的道：「原來是星宿派的大仙到了，大仙高姓大名？」

那矮子道：「我法名天狼子。你快快把毒蛇毒蟲預備好罷。」

全冠清笑道：「大仙要毒蛇毒蟲，那是小事一樁，不必掛懷。」順手從地下提起一隻布袋，說道：「這裏有幾條蛇兒，大仙請看，星宿老仙可合用嗎？」

那矮子天狼子聽得全冠清口稱「星宿老仙」，又叫自己「大仙」，心中已自喜了，再見他神態恭順，心想：「說甚麼丐幫是中原第一大幫，一聽到我師父老人家的名頭，立時嚇得骨頭也酥了。我拿了這些毒蛇毒蟲去，師父必定十分歡喜，誇獎我辦事得力。說來說去，還是仗了師父他老人家的威名。」當即伸頭向袋口中張去。

斗然間眼前一黑，這隻布袋已罩到了頭上，天狼子大驚之下，急忙揮掌拍出，卻拍了個空，便在此時，臉頰、額頭、後頸同時微微一痛，已給袋中毒物咬中。天狼子不及去扯落頭上布袋，狠狠拍出兩掌，拔步狂奔。他頭上套了布袋，目不見物，雙掌使勁亂拍，只覺頭臉各處又接連遭咬，痛癢難當，惶急之際，只發足疾奔，驀地裏腳下踏了個空，骨碌碌的從陡坡上滾下，撲通一聲，掉入了山坡下的一條河中，順流而去。

全冠清本想殺了他滅口，那知竟會給他逃走，雖然他頭臉爲毒蝎所螫，又摔入河中，多半性命難保，但想星宿派擅使毒物，說不定此人有解毒之法，在星宿海居住，料來也識水性，若他不死，星宿派得到訊息，必定大舉前來報復。沉吟片刻，說道：「咱們快布毒蛇陣，跟星宿老怪一拚。難道喬峯一走，咱們丐幫便不能自立，從此聽由旁人欺凌嗎？星宿派擅使劇毒，咱們不能跟他們動兵刃拳腳，須得以毒攻毒。」

羣丐轟然稱是，當即四下散開，在火堆外數丈處布成陣勢，各人盤膝坐下。

游坦之見全冠清用布袋打走了天狼子，心想：「這人的布袋之中原來裝有毒物，他們這許多布袋，都裝了毒蛇毒蟲嗎？叫化子會捉蛇捉蟲，原不希奇。我若能將這些布袋去偷了來，送給阿紫姑娘，她定然歡喜得緊。」

眼見羣丐坐下後便即默不作聲，每人身旁都有幾隻布袋，有些袋子極大，其中有物蠕蠕而動，游坦之只看得心中發毛，心想：「他們若把袋子套在我頭上，我有鐵罩護頭，倒也不怕，但若將我身子塞在大袋之中，跟那些蛇蟲放在一起，那可糟了。」

過了好幾個時辰，始終並沒動靜，又過一會，天色漸漸亮了，跟著太陽出來，照得滿山遍野一片明亮。枝頭鳥聲喧鳴之中，忽聽得全冠清低聲叫道：「來了，大家小心！」他盤膝坐在陣外一塊巖石之旁，身旁卻無布袋，手中握著一枝鐵笛。

只聽得西北方絲竹之聲隱隱響起，一羣人緩步過來，絲竹中夾著鐘鼓之聲，倒也悠揚動聽。游坦之心道：「是娶新娘子嗎？」

樂聲漸近，來到十丈開外便即停住，有幾人齊聲說道：「星宿老仙法駕降臨中原，丐幫弟子，快快上來跪接！」話聲一停，咚咚咚咚的擂起鼓來。擂鼓三通，鏜的一下鑼聲，鼓聲止歇，數十人齊聲說道：「恭請星宿老仙弘施大法，降服丐幫的么魔小醜！」

游坦之心道：「這倒像是道士做法事。」悄悄從巖石後探出半個頭張望，只見西北角上二十餘人一字排開，有的拿著鑼鼓樂器，有的手執長旛錦旗，紅紅綠綠的甚爲悅目，遠遠望去，旛旗上繡著「星宿老仙」、「神通廣大」、「法力無邊」、「威震天下」等等字樣。絲竹鑼鼓聲中，一個老翁緩步而出，他身後數十人列成兩排，和他相距數丈，跟隨在後。

那老翁手中搖著鵝毛扇，陽光照在臉上，但見他臉色紅潤，滿頭白髮，頦下三尺蒼髯，長身童顏，當眞便如圖畫中的神仙一般。那老翁走到距羣丐約莫三丈之處便站定不動，將一根鐵哨子放到唇邊，撮唇力吹，發出幾下尖銳之極的聲音，羽扇一撥，將口哨之聲送出，坐在地下的羣丐登時便有四人仰天摔倒。

游坦之大驚：「這星宿老仙果然法力厲害。」

那老翁臉露微笑，「滋」的一聲吹哨，羽扇揮動，更有一名乞丐應聲而倒。那老翁的口哨聲似是一種無形有質的厲害暗器，片刻之間，丐幫陣中又倒了六七人。其實擊倒丐幫人衆的不是口哨聲，而是他從鐵哨子中噴出的毒粉，以羽扇撥動傷人。

只聽得老翁身後的衆人頌聲大作：「師父功力，震鑠古今，這些叫化兒跟咱們作對，那眞叫做螢火蟲與日月爭光！」「螳臂擋車，自不量力，可笑啊可笑！」「師父你老人家談笑之間，便將一干幺魔小醜置之死地，如此摧枯拉朽般大獲全勝，徒兒不但見所未見，直是聞所未聞！」「這是天下從所未有的豐功偉績，若不是師父老人家露了這一手，中原武人還不知世上有這等功夫。」一片歌功頌德之聲，洋洋盈耳，絲竹簫管也跟著吹奏搭配。

這個童顏鶴髮的老翁，正是中原武林人士對之深惡痛絕的星宿老怪丁春秋。他因星宿派三寶之一的神木王鼎給女弟子阿紫盜去，連派數批弟子出去追捕，甚至連大弟子摘星子也遣了出去，但一次次飛鴿傳書報來，均甚不利。最後聽說阿紫倚丐幫幫主喬峯爲靠山，將摘星子傷得半死不活，丁春秋又驚又怒，知丐幫是中原武林第一大幫，實非易與，又聽到聾啞老人近日來在江湖上出頭露面，頗有作爲，這心腹大患不除，總是放心不下，決意奪回王鼎之後，乘此了結昔年的一樁大事。

他所練的那門「化功大法」，經常要將毒蛇毒蟲的毒質塗上手掌，吸入體內，若七日不塗，功力便即減退。那神木王鼎天生有一股特異氣息，再在鼎中燃燒香料，片刻間便能誘引毒蟲到來，方圓十里之內，甚麼毒蟲也抵不住這香氣的誘引。當年丁春秋有了這奇鼎在手，捕捉毒蟲不費吹灰之力，「化功大法」自然越練越深，越練越精。這「化功大法」乃丁春秋不傳之秘，因此摘星子等人也都不會，阿紫想得此神功，非暗中偷學、盜鼎出走不可。

阿紫工於心計，在師父剛捕完毒蟲那天辭師東行，待得星宿老怪發覺神木王鼎失竊，已在七天之後，阿紫早去得遠了。她走的多是偏僻小路，追拿她的衆師兄武功雖比她爲高，智計卻遠所不及，給她虛張聲勢、聲東擊西的連使幾個詭計，一一撇了開去。

星宿老怪所居之地是陰暗潮濕的深谷，毒蛇毒蟲繁殖甚富，神木王鼎雖失，要捉些毒蟲來加毒，倒也並非難事，但尋常毒蟲易捉，要像從前這般，每次捕到的都是希奇古怪、珍異厲害的劇毒蟲豸，卻是可遇不可求了。更有一件令他耽心之事，只怕中原的高手識破了王鼎的來歷，誰都會立即將之毀去，是以一日不追回，一日便不能安心。

他和一衆弟子相遇後，見大弟子摘星子幸而尙保全一條性命，卻已武功全失，爲衆弟子毆打侮辱，已給虐待得人不像人，二弟子獅鼻人摩雲子暫時接領了大師兄的職位。衆弟子見師父親自出馬，又驚又怕，均想師命不能完成，這場責罰定是難當之極，幸好星宿老怪正在用人之際，將責罰暫且寄下，要各人戴罪立功。

衆人一路上打探丐幫的消息。一來各人生具異相，言語行動無不令人厭憎，誰也不肯以消息相告；二來蕭峯到了遼國，官居南院大王，武林中眞還少有人知，是以竟打聽不到半點確訊，連丐幫的總舵移到何處也查究不到。這日天狼子無意中聽到丐幫大智分舵聚會的訊息，爲要立功，迫不及待的孤身闖來，中了全冠清的暗算。總算他體內本來蘊有毒質，蛇蝎毒他不死，逃得性命後急忙稟告師父。丁春秋當即趕來。

丁春秋左手一揮，音樂聲立止，他向全冠清冷冷的道：「你們丐幫中有個人名叫喬峯，他在那裏？快叫他來見我。」全冠清問道：「閣下要見喬峯，爲了何事？」丁春秋傲然道：「星宿老仙問你的話，你怎地不答？卻來向我問長問短。喬峯呢？」

一名丐幫的五袋弟子喝道：「你是甚麼東西？」呼的一掌，向丁春秋擊去。這一掌勢挾疾風，勁道剛猛，正中丁春秋胸口。那知丁春秋渾若無事，那乞丐卻雙膝一軟，倒在地下，蜷成一團，微微抽搐了兩下，便不動了。羣丐大驚，齊叫：「怎麼啦？」便有兩名乞丐伸手去拉他起身。這兩人一碰到他身子，便搖晃幾下，倒了下去。其餘幫衆無不驚得呆了，不敢再伸手去碰跌倒的同伴。

全冠清喝道：「這老兒身上有毒，大家不可碰他身子。放暗器！」

八九名四五袋弟子同時掏出暗器，鋼鏢、飛刀、袖箭、飛蝗石，紛紛向丁春秋射去。丁春秋大喝一聲，衣袖揮動，將十來件暗器反擊出來。但聽得「啊喲」、「啊喲」連聲，六七名丐幫幫衆爲暗器擊中。這些暗器也非盡數擊中要害，有的只擦破一些皮肉，但受傷者立時軟倒在地。

全冠清大叫：「退開！」突然呼的一聲，一枝鋼鏢激射而至，卻是丁春秋接住了鋼鏢，運勁向他射來。全冠清忙揮手中鐵笛格打，噹的一聲，將鋼鏢擊得遠遠飛了出去。他想這星宿老怪果然厲害，須得趕緊驅動毒蛇陣禦敵，當即將鐵笛湊到口邊，待要吹笛驅蛇，驀地裏嘴上一麻，登時頭暈目眩，咕咚一聲，仰天摔倒。

羣丐大驚，當即有兩人搶上扶起。全冠清迷迷糊糊的叫道：「我……我中了毒，大……大夥快……快……快……去……」羣丐早已嚇得魂飛魄散，擁著他飛也似的急奔而逃。丐幫的那些布袋散在地下，也無人收拾。幾名星宿派弟子好奇去挑開布袋，卻見袋中爬出數十條毒蛇，星宿門人上前捉拿，有的給幾尾毒蛇躍起咬中，登時中毒倒地，大聲呻吟呼痛。餘人便遠遠避開，再也不敢走近。

游坦之驚駭之餘，從草叢中站起身來，眼見此處不是善地，便欲及早離去。

星宿派眾人斗然間見到他頭戴鐵罩的怪狀，都是一驚，覺得此人怪極，誰也不敢理會。丁春秋招了招手，道：「鐵頭小子，你過來，你叫甚麼名字？」游坦之受人欺辱慣了，見對方無禮，也不以爲忤，道：「我叫游坦之。」說著便向前走了幾步。丁春秋道：「這些叫化子死了沒有？你去摸摸他們的鼻息，是否還有呼吸。」

游坦之應道：「是。」俯身伸手去探一名乞丐的鼻息，已沒了呼吸。他又試另一名乞丐，也已呼吸早停，說道：「都死啦，沒了氣息。」只見星宿派弟子臉上都是一片幸災樂禍的嘲弄之色。他不明所以，又重複了一句：「都死啦，沒了氣息。」卻見衆人臉上戲侮的神色漸漸隱去，慢慢變成了詫異，更逐漸變爲驚訝。

丁春秋道：「每個叫化兒你都去試探一下，看尙有那一個能救。」游坦之道：「是。」將十來個丐幫弟子都試過了，搖頭道：「個個都死了。老先生功力實在厲害。」丁春秋冷笑道：「你抗毒的功夫，卻也厲害得很啊。」游坦之奇道：「我……甚麼……抗毒的功夫？」

他大惑不解，不明白丁春秋這話是甚麼意思，更沒想到自己每去探一個乞丐的鼻息，便是到鬼門關去走了一遭，十多名乞丐試將下來，已經歷了十來次生死大險。星宿老怪彈指殺人，視旁人性命有若草芥，他要游坦之去試羣丐死活，也不過見他形相古怪，便想順手除去。不料游坦之經過這幾個月來的修習不輟，冰蠶的奇毒已與他體質融合無間，丁春秋沾在羣丐身上的毒質再也害他不得。

丁春秋尋思：「瞧他手上肌膚和說話聲音，年紀甚輕，不會有甚麼眞實本領，多半是身上藏得有專剋毒物的雄黃珠、辟邪奇香之類寶物，又或是預先服了靈驗的解藥，這才不受奇毒之侵。」便道：「游兄弟，你過來，我有話說。」

游坦之雖見他說得誠懇，但親眼看到他連殺羣丐的殘忍狠辣，覺得這類人極難對付，還是敬而遠之爲妙，便道：「小人身有要事，不能奉陪，告退了。」轉身便走。

他只走出幾步，突覺身旁一陣微風掠過，兩隻手腕上一緊，已給人抓住。游坦之抬頭看時，見抓住他的是星宿弟子中的一名大漢。他不知對方有何用意，只見他滿臉獰笑，顯非好事，心下一驚，叫道：「快放我！」用力一掙。

只聽得頭頂呼的一聲風響，一個龐大的身軀從背後躍過他頭頂，砰的一聲，重重撞在對面山壁之上，登時頭骨粉碎，一個頭顱變成了泥漿相似。

游坦之見這人一撞的力道竟這般猛烈，實難相信，一愕之下，才看清楚便是抓住自己的那個大漢，更是奇怪：「這人好端端地，怎麼突然撞山自盡？莫非發了瘋？」他決計想不到自己一掙之下，一股猛勁將那大漢甩出去撞上山石。

星宿派羣弟子都「啊」的一聲驚呼，駭然變色。

丁春秋見他摔死自己弟子這一下手法毛手毛腳，並非上乘功夫，但膂力異常了得，心想此人天賦神力，武功卻是平平，當下身形一晃，伸掌按上了他的鐵頭。游坦之猝不及防，登時給壓得跪倒在地，身子一挺，待要重行站直，頭上便如頂了一座萬斤石山一般，再也動不得，當即哀求：「老先生饒命！」

丁春秋聽他出言求饒，更加放心，問道：「你師父是誰？你好大膽子，怎地殺了我的弟子？」游坦之道：「我……我沒有師父。我決不敢殺死老先生的弟子。」

丁春秋心想不必跟他多言，斃了滅口便是，手掌一鬆，待游坦之站起身來，揮掌向他胸口拍去。游坦之大驚，忙伸右手，推開來掌。丁春秋這一掌去勢甚緩，游坦之右掌格出時，正好和他掌心相對。丁春秋正要他如此，掌中所蓄毒質隨著內勁直送過去，這正是他成名數十年的「化功大法」，中掌者或沾劇毒，或經脈受損，內力無法使出，猶似內力給他盡數化去，就此任其支配。丁春秋生平曾以此殺人無數。因此武林中聽到「化功大法」四字，人人厭惡憎恨，心驚肉跳。

兩人雙掌相交，游坦之身子晃動，騰騰騰接連退出六七步，要想拿樁站定，終於一交坐倒，但對方這一推餘力未盡，游坦之臀部一著地，背脊又即著地，鐵頭又即著地，接連倒翻了三個觔斗，這才止住，忙不住磕頭，叫道：「老先生饒命，老先生饒命！」

丁春秋和他手掌相交，只覺他內力既強，勁道陰寒，怪異之極，而且蘊有劇毒，雖然給自己摔得狼狽萬分，但自己的毒掌損不到他經脈，止不住他內力運使，以內力和毒勁的比拚而論，他並未處於下風，何必大叫饒命？難道是故意調侃自己不成？走上幾步，問道：「你要我饒命，出自眞心，還是假意？」

游坦之不住磕頭，說道：「小人一片誠心，但求老先生饒了小人性命。」

丁春秋尋思：「此人不知用甚麼法子，遇到了甚麼機緣，體內積蓄的毒質竟比我還多，實是一件奇寶。我須收羅此人，探聽到他練功的法門，再吸取他身上的毒質，然後將之處死。倘若輕易的把他殺了，豈不可惜？」伸掌又按住他鐵頭，潛運內力，說道：

「除非你拜我爲師，否則爲甚麼要饒你性命？」

游坦之只覺頭上鐵罩如被火炙，燒得他整個頭臉發燙，心下害怕之極。他自從苦受阿紫折磨之後，早已一切逆來順受，甚麼是非善惡之分、剛強骨氣之念，早忘得一乾二淨，但求保住性命，忙道：「師父，弟子游坦之願歸入師父門下，請師父收容。」

丁春秋大喜，肅然道：「你想拜我爲師，也無不可。但本門規矩甚多，你都能遵守麼？爲師的如有所命，你誠心誠意的服從，決不違抗麼？」游坦之道：「弟子願遵守規矩，服從師命。」丁春秋道：「爲師的便要取你性命，你也甘心就死麼？」游坦之道：「這個……這個……」丁春秋道：「你想一想明白，甘心便甘心，不甘心便說不甘心。」

游坦之心道：「你要取我性命，當然不甘心。但若非如此不可，那時逃得了便逃，逃不了的話，就算不甘心，也無法可施。」便道：「弟子甘心爲師父而死。」丁春秋哈哈大笑，道：「很好，很好。你將一生經歷，細細說給我聽。」

游坦之不願向他詳述身世以及這些日子來的諸般遭遇，但說自己是個農家子弟，爲遼人打草穀擄去，給頭上戴了鐵罩。丁春秋問他身上毒質的來歷，游坦之只得吐露如何見到冰蠶和慧淨和尚，如何偷到冰蠶，謊說不小心給葫蘆中的冰蠶咬到了手指，以致全身凍僵，冰蠶也就死了，至於阿紫修練毒掌等情，全都略過不提。丁春秋細細盤問他冰蠶的模樣和情狀，不自禁的顯得十分艷羡。游坦之尋思：「我若說起那本浸水有圖的怪書，他定會追問不休，好在這本書早給我拋了。」丁春秋一再問他練過甚麼古怪功夫，他始終堅不吐實。

丁春秋原不知瑜伽《神足經》的功夫，見他武功差勁，只道他練成陰寒內勁，純係冰蠶的神效，心中不住咒罵：「這樣的神物，竟給這小子鬼使神差的吸入體內，眞正可惜了。」凝思半晌，問道：「那個捉到冰蠶的胖和尚，你說聽到人家叫他慧淨？是少林寺和尚，在南京憫忠寺掛單？」游坦之道：「正是。」

丁春秋道：「這慧淨和尚說這冰蠶得自崑崙山之巓。很好，那邊既出過一條，當然也有兩條、三條。但崑崙山方圓數千里，若無熟識路途之人指引，這冰蠶倒也不易尋到。」他親身體驗到了冰蠶的靈效，覺得比之神木王鼎更寶貴得多，心想首要之事，倒是要拿到慧淨，叫他帶路，到崑崙山捉冰蠶去。這和尚是少林僧，本來頗爲棘手，幸好是在南京，那便易辦得多。當下命游坦之行拜師入門之禮。

星宿派衆門人見師父對他另眼相看，馬屁、高帽自即隨口大量奉送。

一行人折而向東北行。游坦之跟在丁春秋之後，見他大袖飄飄，步履輕便，有若神仙，油然而生敬仰之心：「我拜了這樣一位了不起的師父，眞是前生修來的福份。」

星宿派衆人行了三日，這日午後，一行人在大路一座涼亭中喝水休息，忽聽得身後馬蹄聲響，四騎馬從來路疾馳而來。

四乘馬奔近涼亭，當先一匹馬上的乘客叫道：「大哥、二哥，亭子裏有水，咱們喝上幾碗，讓坐騎歇歇力。」說著跳下馬來，走進涼亭，餘下三人也即下馬。這四人見到丁春秋等一行，心中微微一凜，走到清水缸邊，端起瓦碗，在缸中舀水而飲。

游坦之見當先那人一身黑衣，身形瘦小，留兩撇鼠鬚，神色剽悍。第二人身穿土黃色袍子，也是瘦骨稜稜，但身材卻高，雙眉斜垂，滿臉病容，大有戾色。第三人穿棗紅色長袍，身形魁梧，方面大耳，頦下厚厚一部花白鬍子，是個富商豪紳模樣。最後一人身穿鐵青色儒生衣巾，五十上下年紀，瞇著一雙眼睛，便似讀書過多，損壞了目力一般，他卻不去喝水，提起酒葫蘆自行喝酒。

便在這時，對面路上一個僧人大踏步走來，來到涼亭之外，雙手合什，恭恭敬敬的道：「衆位施生，小僧行道渴了，要在亭中歇歇，喝一碗水。」那黑衣漢子笑道：「師父忒也多禮，大家都是過路人，這涼亭又不是我們起的，進來喝水罷。」那僧人道：「阿彌陀佛，多謝了。」走進亭來。

這僧人二十三四歲年紀，濃眉大眼，一個大大的鼻子鼻孔朝天，容貌頗為醜陋，僧袍上打了許多補釘，卻甚乾淨。他等那三人喝罷，走近清水缸，用瓦碗舀了一碗水，雙手捧住，雙目低垂，恭恭敬敬的說偈道：「佛觀一鉢水，八萬四千蟲，若不持此咒，如食衆生肉。」唸咒道：「唵縛悉波羅摩尼莎訶。」唸罷，端起碗來，就口喝水。

那黑衣人看得奇怪，問道：「小師父，你嘰哩咕嚕的唸甚麼咒？」那僧人道：「小僧唸的是飲水咒。佛說每一碗水中，有八萬四千條小蟲，出家人戒殺，因此要念了飲水咒，這才喝得。」黑衣人哈哈大笑，說道：「這水乾淨得很，一條蟲子也沒有，小師父眞會說笑。」那僧人道：「施主有所不知。我輩凡夫看來，水中自然無蟲，但我佛以天眼看水，卻看到水中小蟲成千成萬。」黑衣人笑問：「你念了飲水咒之後，將八萬四千條小蟲喝入肚中，那些小蟲便不死了？」那僧人躊躇道：「這……這個……師父倒沒教過。多半小蟲便不死了。」

那黃衣人插口道：「非也，非也！小蟲還是要死的，只不過小師父念咒之後，八萬四千條小蟲通統往生西天極樂世界，小師父喝一碗水，超度了八萬四千名衆生。功德無量，功德無量！」那僧人不知他所說是眞是假，雙手捧著那碗水呆呆出神，喃喃的道：「一舉超度八萬四千條性命？小僧萬萬沒這麼大的法力。」

黃衣人走到他身邊，從他手中接過瓦碗，向碗中瞪目凝視，數道：「一、二、三、四、五、六……一千、兩千、一萬、兩萬……非也，非也！小師父，這碗中只有八萬三千九百九十九條小蟲，你多數了一條。」

那僧人道：「南無阿彌陀佛。施主說笑了，施主也是凡夫，怎能有天眼的神通？」

黃衣人道：「那麼你有沒有天眼的神通？」那僧人道：「小僧自然沒有。」黃衣人道：「非也，非也！我瞧你有天眼通，否則的話，怎地你只瞧了我一眼，便知我是凡夫俗子，不是菩薩下凡？」那僧人向他左看右看，滿臉迷惘之色。

那身穿棗紅袍子的大漢走過去接過水碗，交回在那僧人手中，笑道：「師父請喝水罷！我這把弟跟你開玩笑，當不得眞。」那僧人接過水碗，恭恭敬敬的道：「多謝，多謝。」心中拿不定主意，卻不便喝。那大漢道：「我瞧小師父步履矯健，身有武功，請教上下如何稱呼，在那一處寶刹出家？」

那僧人將水碗放在水缸蓋上，微微躬身，說道：「小僧虛竹，在少林寺出家。」

那黑衣漢子叫道：「妙極，妙極！原來你是少林寺的高手，來，來，來！你我比劃比劃！」虛竹連連搖手，說道：「小僧武功低微，如何敢和施主動手？」黑衣人笑道：「好幾天沒打架了，手癢得很。咱們過過招，又不是眞打，怕甚麼？」虛竹退了兩步，說道：「小僧雖曾練了幾年功夫，只爲健身之用，打架是打不來的。」黑衣人道：「少林寺和尚個個武功高強。初學武功的和尚，便不准踏出山門一步。小師父既然下得山來，定是一流好手。來，來！咱們說好只拆一百招，誰輸誰贏，毫不相干。」

虛竹又退了兩步，說道：「施主有所不知，小僧此番下山，並不是武功已窺門徑，只因寺中廣遣弟子各處送信，人手不足，才命小僧勉強湊數。小僧本來攜有十張英雄帖，師父吩咐，送完了這十張帖子，立即回山，千萬不可跟人動武，現下已送了四張，還有六張在身。施主武功了得，就請收了這張英雄帖罷。」說著從懷中取出一個油布包袱，打了開來，拿出一張大紅帖子，恭恭敬敬的遞過，說道：「請教施主高姓大名，小僧回寺好稟告師父。」

那黑衣漢子卻不接帖子，說道：「你又沒跟我打過，怎知我是英雄狗熊？咱們先拆上幾招，我打得贏你，才有臉收英雄帖啊。」說著踏上兩步，左拳虛晃，右拳便向虛竹打去，拳頭將到虛竹面門，立即收轉，叫道：「快還手！」

那魁梧漢子聽虛竹說到「英雄帖」三字，便即留上了神，說道：「四弟，且不忙比武，瞧瞧英雄帖上寫的是甚麼。」從虛竹手中接過帖子，見帖上寫道：

「少林寺住持釋玄慈，合什恭請天下英雄，於十二月初八臘八佳節，駕臨嵩山少林寺隨喜，廣結善緣，並敬觀姑蘇慕容氏『以彼之道，還施彼身』之高明風範。」

那大漢「啊」的一聲，將帖子交給了身旁的儒生，向虛竹道：「少林派召開英雄大會，原來是要跟姑蘇慕容氏爲難……」那黑衣漢子叫道：「妙極，妙極！我叫一陣風風波惡，正是姑蘇慕容氏的手下。少林派要跟姑蘇慕容氏爲難，也不用開甚麼英雄大會了。我此刻來領教少林派高手的身手便是。」

虛竹又退了兩步，左腳已踏在涼亭之外，說道：「原來是風施主。我師父說道，敝寺恭請姑蘇慕容施主駕臨敝寺，決不是膽敢得罪。只是江湖上紛紛傳言，武林中近年來有不少英雄好漢，喪生在姑蘇慕容氏『以彼之道，還施彼身』的神功之下。小僧的師伯祖玄悲大師在大理國身戒寺圓寂，不知跟姑蘇慕容氏有沒有干係，敝派自方丈大師以下，個個都是心有所疑，但不敢隨便怪罪姑蘇慕容氏一家，因此上……」

那黑衣漢子搶著道：「這件事嗎，跟我們姑蘇慕容氏本來半點干係也沒有，不過我這麼說，諒來你必定不信。既然說不明白，只好手底下見真章。這樣罷，咱兩個今日先打一架，好比做戲之前先打一場鑼鼓，說話本之前先說一段『得勝頭回』，熱鬧熱鬧。到了十二月初八日臘八，風某再到少林寺來，從下面打起，一個個挨次打將上來便是，痛快，痛快！只不過最多打得十七八個，風某就遍體鱗傷，再也打不動了，要跟玄慈老方丈交手，那是萬萬沒機緣的。可惜，可惜！」說著摩拳擦掌，便要上前動手。

那魁梧漢子道：「四弟，且慢，說明白了再打不遲。」那黃衣人道：「非也，非也！說明白之後，便不用打了。四弟，良機莫失，要打架，便不能說明白。」那魁梧漢子不去睬他，向虛竹道：「在下鄧百川，這位是我二弟公冶乾。」說著向那儒生一指，又指著那黃衣人道：「這位是我三弟包不同，我們都是姑蘇慕容公子的手下。」

虛竹逐一向四人合什行禮，口稱：「鄧施主、公施主……」包不同插口道：「非也，非也！我二哥複姓公冶，你叫他公施主，那就錯之極矣。」虛竹忙道：「得罪，得罪！小僧毫無學問，公冶施主莫怪。包施主……」包不同又揷口道：「你又錯了。我雖然姓包，但生平對和尚尼姑是向來不布施的，因此決不能稱我包施主。」虛竹道：「是，是。包三爺、風四爺。」包不同道：「你又錯了。我風四弟待會跟你打架，不管誰輸誰贏，你多了一番閱歷，武功必有長進，他可不是向你布施了嗎？」虛竹道：「是，是。風施主，不過小僧打架是決計不打的。出家人修行爲本，學武爲末，武功長不長進，也沒多大干係。」

風波惡嘆道：「你對武學瞧得這麼輕，武功多半稀鬆平常，這場架也不必打了。」說著連連搖頭，意興索然。虛竹如釋重負，臉現喜色，說道：「是，是！」

鄧百川道：「虛竹師父，這張英雄帖，我們代我家公子收下了。我家公子於兩年多前，便曾來貴寺拜訪，難道他還沒來過嗎？」虛竹道：「沒有來過。方丈大師只盼慕容公子過訪，但久候不至，曾兩次派人去貴府拜訪，卻聽說慕容老施主已然歸西，少施主出門去了。方丈大師這次又請達摩院首座前往蘇州尊府送信，生怕慕容少施主仍不在家，只得再在江湖上廣撒英雄帖邀請，失禮之處，請四位代爲向慕容公子說明。日後慕容施主駕臨敝寺，方丈大師還要親自謝罪。」

鄧百川道：「小師父不必客氣。會期還有大半年，屆時我家公子必來貴寺，拜見方丈大師。」虛竹合什躬身，說道：「慕容公子和各位駕臨少林寺，我們方丈大師十分歡迎。『拜見』兩字，萬萬不敢當。」

風波惡見他迂腐騰騰，全無半分武林中人的豪爽慷慨，和尚雖是和尚，卻全然不像名聞天下的「少林和尚」，心下好生不耐，當下不再去理他，轉頭向丁春秋等一行打量。見星宿派羣弟子手執兵刃，顯是武林中人，當可從這些人中找幾個對手來打上一架。

游坦之自見風波惡等四人走入涼亭，便即縮在師父身後。丁春秋身材高大，遮住了他，鄧百川等四人沒見到他的鐵頭怪相。風波惡見丁春秋童顏鶴髮，眉清目秀，仙風道骨，一副世外高人的模樣，心下隱隱而生敬仰之意，倒也不敢貿然上前挑戰，說道：「這位老前輩請了，請問高姓大名。」丁春秋微微一笑，說道：「我姓丁。」

便在此時，忽聽得虛竹「啊」的一聲，叫道：「師伯祖，你老人家也來了。」風波惡回過頭來，只見大道上來了七八個和尚，當先是兩個老僧，其後兩個和尚抬著一副擔架，躺得有人。虛竹快步走出亭去，向兩個老僧行禮，稟告鄧百川一行的來歷。

右側那老僧點點頭，走進亭來，向鄧百川等四人問訊爲禮，說道：「老衲玄難。」指著另一個老僧道：「這位是我師弟玄痛。有幸得見姑蘇慕容莊上的四位大賢。」

鄧百川等久聞玄難之名，見他滿臉皺紋，雙目神光湛然，忙即還禮。風波惡道：「大師父是少林寺達摩院首座，久仰神功了得，今日正好領教。」

玄難微微一笑，說道：「老衲和玄痛師弟奉方丈法諭，正要前往江南燕子塢慕容施主府上，恭呈請帖，這是敝寺第三次派人前往燕子塢。卻在這裏與四位邂逅相逢，緣法不淺。」說著從懷中取出一張大紅帖子來。

鄧百川雙手接過，見封套上寫著「恭呈姑蘇燕子塢慕容施主」十一個大字，料想帖子上的字句必與虛竹送的那張帖子相同，說道：「兩位大師父是少林高僧大德，望重武林，竟致親勞大駕，前往敝莊，姑蘇慕容氏面子委實不小。適才這位虛竹小師父送出英雄帖，我們已收到了，自當儘快稟告敝上。十二月初八日臘八佳節，敝上慕容公子定能上貴寺拜佛，親向少林諸位高僧致謝，並在天下英雄之前，說明其中種種誤會。」

玄難心道：「你說『種種誤會』，難道玄悲師兄不是你們慕容氏害死的？」忽聽得身後有人叫道：「啊，師父，就是他。」玄難側過頭來，只見一個奇形怪狀之人手指擔架，在一個白髮老翁耳邊低聲說話。

游坦之在丁春秋耳邊說的是：「擔架中那個大肚子胖和尚，便是捉到冰蠶的，不知怎地給少林派抬了來。」

丁春秋聽得這大肚和尚便是冰蠶原主，不勝之喜，低聲問道：「你沒弄錯嗎？」游坦之道：「不會，他叫做慧淨。師父你瞧，他圓鼓鼓的肚子高高凸了起來。」丁春秋見慧淨的大肚子比十月懷胎的女子還大，心想這般大肚子和尚，不論是誰見過一眼之後，的確永遠不會弄錯，便向玄難道：「大師父，這慧淨和尚是我朋友，他生了病嗎？」

玄難合什道：「施主高姓大名，不知如何識得老衲的師姪？」

丁春秋心道：「這慧淨跟少林寺的和尚在一起了，可多了些麻煩。幸好在道上遇到，攔住劫奪，比之到少林寺去擒拿，卻又容易得多。」想到冰蠶的靈異神效，不由得胸口發熱，說道：「在下丁春秋。」

「丁春秋」三字一出口，玄難、玄痛、鄧百川、公冶乾、包不同、風波惡六人不約而同「啊」的一聲，臉上不禁微微變色。星宿老怪丁春秋惡名播於天下，誰也想不到竟是個這般氣度雍容、風采儼然的人物，更想不到會在此處相逢。六人立時大為戒備。鄧百川、公冶乾、包不同、風波惡四人雖久知丁春秋與曼陀山莊王家的關係，卻從未見過其人，今日皆乃首次會面。

玄難頃刻間便即寧定，說道：「原來是星宿海丁老先生，久仰大名，當真如雷貫耳。」甚麼「有幸相逢」的客套話便不說了，心想：「誰遇上了你，便是前世不修。」

丁春秋道：「不敢，少林達摩院首座『袖裏乾坤』馳名天下，老夫也是久仰的了。這位慧淨師父，我正在到處找他，在這裏遇上，那眞是好極了，好極了。」

玄難微微皺眉，說道：「說來慚愧，老衲這個慧淨師姪，只因敝寺失於教誨，多犯清規戒律，一年多前擅自出寺，犯下了不少惡事。敝寺方丈師兄派人到處尋訪，好容易才將他找到，追回寺去。丁老先生曾見過他嗎？」丁春秋道：「原來他不是生病，是給你們打傷了，傷得可厲害嗎？」玄難不答，隔了一會，才道：「他不奉方丈法諭，反而出手傷人。」心想：「他跟你這等邪魔外道結交，又多犯了一條大戒。」

丁春秋道：「我在崑崙山中，花了好大力氣，才捉到一條冰蠶，那是十分有用的東西，卻給你這慧淨師姪偷了去。我大老遠的從星宿海來到中原，便是要取回冰蠶……」

他話未說完，慧淨已叫了起來：「我的冰蠶呢？喂，你見到我的冰蠶嗎？這冰蠶是我辛辛苦苦從崑崙山中找到的……你……你偷了我的嗎？」

自從游坦之現身呼叫，風波惡的眼光便在他鐵面具上骨溜溜的轉個不停，對玄難、丁春秋、慧淨三人談論冰蠶一事渾沒在意。他繞著游坦之轉了幾個圈，見那面具造得密合，銲在頭上除不下來，很想伸手去敲敲，又看了一會，道：「喂，朋友，你好！」

游坦之道：「我……我好！」他見到風波惡精力瀰漫、躍躍欲動的模樣，心下害怕。風波惡道：「朋友，你這個面具，到底是怎麼攪的？姓風的走遍天下，可從沒見過你這樣的臉面。」游坦之甚是羞慚，低下頭去，說道：「是，我……我是身不由主……沒法子。」

風波惡聽他說得可憐，怒問：「那一個如此惡作劇？姓風的倒要會會。」說著斜眼向丁春秋睨去，只道是這老者所做的好事。游坦之忙道：「不……不是我師父。」風波惡道：「好端端一個人，套在這樣一隻生鐵面具之中，有甚麼意思？來，我來給你除去了。」說著從靴筒裏抽出一柄匕首，青光閃閃，顯然鋒銳之極，便要替他除去面具。

游坦之知道面具已和自己臉孔及後腦血肉相連，硬要除下，大有性命之虞，忙道：「不，不，使不得！」風波惡道：「你不用害怕，我這把匕首削鐵如泥，我給你削去鐵套，決計傷不到皮肉。」游坦之叫道：「不，不成的！」風波惡道：「你是怕那個給你戴鐵帽子的人，是不是？下次見到他，就說是我一陣風硬給你除的，你身不由主，叫這惡人來找我好了。」說著抓住了他左腕。

游坦之見到他手中匕首寒光凜然，心下大駭，叫道：「師父，師父！」回頭向丁春秋求助。丁春秋站在擔架之旁，正興味盎然的瞧著慧淨，對他的呼叫充耳不聞。風波惡提起匕首，便往鐵面具上削去。游坦之惶急之下，右掌用力揮出，要想推開對方，他武功不佳，出手不準，啪的一聲，正中風波惡左肩。

風波惡全神貫注的要給他削去鐵帽，生怕落手稍有不準，割破了他頭臉，那防到他竟會突然出掌。這一掌來勢勁力奇大，風波惡一聲悶哼，便即俯跌。他左手在地下一撐，一挺便即跳起，哇的一聲，吐出了一口鮮血。

鄧百川、公冶乾、包不同三人見游坦之陡施毒手，把弟吃了大虧，都大吃一驚，見風波惡臉色慘白，三人更是躭心。公冶乾一搭他腕脈，只覺脈搏跳動急躁頻疾，隱隱有中毒之象，他指著游坦之罵道：「好小子，星宿老怪的門人，以怨報德，一出手便以歹毒手段傷人。」忙從懷中取出個小瓶，拔開瓶塞，倒出一顆解毒藥塞入風波惡口中。

鄧百川和包不同兩人身形晃處，攔在丁春秋和游坦之身前。包不同左手暗運潛力，五指成爪，便要向游坦之胸口抓去。鄧百川道：「三弟住手！」包不同蓄勢不發，轉眼瞧著大哥。鄧百川道：「咱們四弟一番好意，要爲他除去面具，何以星宿派出手傷人？倒要請丁老先生指教。」

丁春秋見這個新收的門人僅只一掌，便擊倒了姑蘇慕容氏手下的好手，星宿派大顯威風，暗暗得意，而對冰蠶的神效更是艷羨，微笑道：「這位風四爺好勇鬥狠，可當眞愛管閒事哪。我星宿派門人頭上愛戴銅帽鐵帽，不知礙著姑蘇慕容氏甚麼事了？」

這時公冶乾已扶著風波惡坐在地下，只見他全身發顫，牙關相擊，格格直響，便似身入冰窖一般，過得片刻，嘴唇也紫了，臉色漸漸由白而青。公冶乾的解毒丸本來極具靈效，但風波惡服了下去，便如石沉大海，無影無蹤。

公冶乾惶急之下，伸手探他呼吸，突然間一股冷風吹向掌心，透骨生寒。公冶乾急忙縮手，叫道：「不好，怎地冷得如此厲害？」心想口中噴出來的一口氣都如此寒冷，那麼他身上所中的寒毒更加非同小可，情勢如此危急，已不及分說是非，轉身向丁春秋道：「我把弟中了你弟子的毒手，請賜解藥。」

風波惡所中之毒，乃是游坦之以神足經內功逼出來的冰蠶劇毒，別說丁春秋無此解藥，就是能解，他也如何肯給？他抬起頭來，仰天大笑，叫道：「啊烏陸魯共！啊烏魯魯共！」袍袖揮拂，捲起一股疾風。星宿派眾弟子突然一齊奔出涼亭，疾馳而去。

鄧百川等與少林僧眾都覺這股疾風刺眼難當，淚水滾滾而下，睜不開眼睛，暗叫：「不好！」知他袍袖中藏有毒粉，這麼衣袖一拂，便散了出來。鄧百川，公冶乾、包不同三人不約而同的擋在風波惡身前，只怕對方更下毒手。玄難閉目推出一掌，正好擊在涼亭柱上，柱子立斷，半邊涼亭便即傾場，嘩喇喇聲響，屋瓦泥沙傾瀉了下來。眾人待得睜眼，丁春秋和游坦之已不知去向。

幾名少林僧叫道：「慧淨呢？慧淨呢？」原來在這混亂之間，慧淨已給丁春秋擄了去，一副擔架罩在一名少林僧的頭上。玄痛怒叫：「追！」飛身追出亭去。鄧百川與包不同跟著追出。玄難左手一揮，帶同眾弟子趕去應援。

公冶乾留在坍了半邊的涼亭中照料風波惡，兀自眼目刺痛，流淚不止。只見風波惡額頭不住滲出冷汗，頃刻間便凝結成霜。正惶急間，忽聽得腳步聲響，但見鄧百川抱著包不同，又快步奔回。公冶乾大吃一驚，叫道：「大哥，三弟也受了傷？」鄧百川道：「又中了那鐵頭人的毒手。」跟著玄難率領少林羣僧也回入涼亭。玄痛伏在虛竹背上，冷得牙關只格格打戰。玄難和鄧百川、公冶乾面面相覷。

鄧百川道：「那鐵頭人和三弟對了一掌，跟著又和玄痛大師對了一掌。想不到……

想不到星宿派的寒毒掌竟如此厲害。」

玄難從懷裏取出一隻小木盒，說道：「敝派的『六陽正氣丹』頗有剋治寒毒之功。」打開盒蓋，取出三顆殷紅如血的丹藥，將兩顆交給鄧百川，第三顆給玄痛服下。

過得一頓飯時分，玄痛等三人寒戰漸止。包不同破口大罵：「這鐵頭人，他……他媽的，那是甚麼掌力？」鄧百川勸道：「三弟，慢慢罵人不遲，你且坐下行功。」包不同道：「非也，非也！此刻不罵，等到一命嗚呼之後，便罵不成了。」鄧百川微笑道：「不必躭心，死不了。」說著伸掌貼在他後心「至陽穴」上，以內力助他驅除寒毒。公冶乾和玄難也分別以內力助風波惡、玄痛驅毒。

玄難、玄痛二人內力深厚，過了一會，玄痛吁了口長氣，說道：「好啦！」站起身來，又道：「好厲害！」玄難有心要去助包不同、風波惡驅毒，只是對方並未出言相求，自己毛遂自薦，未免有瞧不起對方內功之嫌，武林中於這種事情頗有顧忌。

突然之間，玄痛身子晃了兩晃，牙關又格格響了起來，當即坐倒行功，說道：「師……師兄，這寒……寒毒甚……甚是古怪……」玄難忙又運功相助。三人不斷行功，身上的寒毒只好得片刻，跟著便又發作，直折騰到傍晚，每人均已服了三顆「六陽正氣丹」，寒氣竟沒驅除半點。玄難所帶的十顆丹藥已只賸下一顆，當下一分爲三，分給三人服用。包不同堅不肯服，說道：「只怕就再服上一百顆，也……也未必……」

玄難束手無策，說道：「包施主之言不錯，這『六陽正氣丹』藥不對症，咱們的內功也對付不了這門陰毒。老衲心想，只有去請薛神醫醫治，四位意下如何？」

鄧百川喜道：「素聞薛神醫號稱『閻王敵』，任何難症，都是著手回春。大師可知這位神醫住在何處？」玄難道：「薛神醫家住洛陽之南的柳宗鎮，此去也不甚遠。他跟老衲曾有數面之緣，若去求治，諒來不會見拒。」又道：「姑蘇慕容氏名滿天下，薛神醫素來仰慕，得有機緣跟四位英雄交個朋友，他必大為欣慰。」

包不同道：「非也，非也！薛神醫見我等上門，大為欣慰只怕不見得。不過武林中人人討厭我家公子的『以彼之道，還施彼身』，只薛神醫卻是不怕。日後他有甚三……三長兩短，只要去求我家公子『以彼之道，還施彼身』，他……他的……老命就有救了。」

眾人大笑聲中，當即出亭。來到前面市鎮，僱了三輛大車，讓三個傷者躺著休養。鄧百川取出銀兩，買了幾匹馬讓少林僧騎乘。

一行人行得兩三個時辰，便須停下來助玄痛等三人抗禦寒毒。到得後來，玄難便也不再避嫌，以少林神功相助包不同和風波惡。此去柳宗鎮雖只數百里，但山道崎嶇，途中又多躭擱，直到第四日傍晚方到。薛神醫家居柳宗鎮南三十餘里的深山之中，幸好他當日在聚賢莊中曾對玄難說過路徑。眾人沒費多大力氣覓路，便到了薛家門前。

玄難見小河邊聳立著白牆黑瓦數間大屋，門前好大一片藥圃，便知是薛神醫的居處。他再縱馬近前，望見屋門前掛著兩盞白紙大燈籠，微覺驚訝：「薛家也有治不好的病人麼？」再向前馳了數丈，見門楣上釘著幾條麻布，門旁插著一面招魂的紙幡，果真是家有喪事。只見紙燈籠上扁扁的兩行黑字：「薛公慕華之喪，享年五十五歲。」玄難大吃一驚：「薛神醫不能自醫，竟爾逝世，那可糟糕之極。」想到故人長逝，從此幽冥異途，心下又不禁傷感。

跟著鄧百川和公冶乾也已策馬到來，兩人齊聲叫道：「啊喲！」

猛聽得門內哭聲響起，乃婦人之聲：「老爺啊，你醫術如神，那想得到突然會患了急症，撇下我們去了。老爺啊，你雖然號稱『閻王敵』，可是到頭來終於敵不過閻羅王，只怕你到了陰世，閻羅王跟你算這舊帳，還要大吃苦頭啊！」

不久三輛大車和六名少林僧先後到達。鄧百川跳下馬來，朗聲說道：「少林寺玄難大師率同友輩，有事特來相求薛神醫。」他話聲響若洪鐘，門內哭聲登止。

過了一會，走出一個老人來，作傭僕打扮，臉上眼淚縱橫，兀自抽抽噎噎的哭得十分傷心，搥胸說道：「老爺是昨天下午故世的，你們……你們見他不到了。」

玄難合什問道：「薛先生患甚麼病逝世？」那老僕泣道：「也不知是甚麼病，突然之間便嚥了氣。老爺身子素來清健，年紀又不老，眞正料想不到。他老人家給別人治病，藥到病除，可是……可是他自己……」玄難又問：「薛先生家中還有些甚麼人？」那老僕道：「沒有了，甚麼人都沒有了。」

公冶乾和鄧百川對望了一眼，均覺那老僕說這兩句話時，語氣有點兒言不由衷，何況剛才還聽到婦人的哭聲。玄難嘆道：「生死有命，既是如此，待我們到老友靈前一拜。」那老僕道：「這個……這個……是，是。」引著衆人，走進大門。

公冶乾落後一步，低聲向鄧百川道：「大哥，我瞧這中間似有蹊蹺，這老僕很有點兒鬼鬼祟祟。」鄧百川點了點頭，隨著那老僕來到靈堂。

靈堂陳設簡陋，諸物均不齊備，靈牌上寫著「薛公慕華之靈位」，幾個字挺拔有力，顯是飽學之士的手跡，決非那老僕所能寫得出。公冶乾看在眼裏，也不說話。各人在靈位前行過了禮。公冶乾一轉頭，見天井中竹竿上晒著十幾件衣衫，有婦人的衫子，更有幾件男童女童的小衣服，心想：「薛神醫明明有家眷，怎地那老僕說甚麼人都沒有了？」

玄難道：「我們遠道趕來，求薛先生治病，沒想到薛先生竟已仙逝，令人好生神傷。天色向晚，今夜要在府上借宿一宵。」那老僕大有難色，道：「這個……這個……嗯，好罷！諸位請在廳上坐一坐，小人去安排做飯。」玄難道：「管家不必太過費心，粗飯素菜，這就是了。」那老僕道：「是，是！」引著衆人來到外邊廳上，轉身入內。

過了良久，那老僕始終不來獻茶。玄難心道：「這老僕新遭主喪，難免神魂顛倒。唉，玄痛師弟身中寒毒，卻不知如何是好？」衆人等了幾有半個時辰，那老僕始終影蹤不見。包不同焦躁起來，說道：「我去找口水喝。」虛竹道：「包先生，你請坐著休息。我去幫那老人家燒水。」起身走向內堂。公冶乾要察看薛家動靜，道：「我陪你去。」

兩人向後面走去。薛家房子著實不小，前後共有五進，但裏裏外外，竟一個人影也無。兩人找到了廚房之中，連那老僕也已不知去向。

公冶乾情知有異，快步回到廳上，說道：「這屋中情形不對，那薛神醫只怕是假死。」玄難站起身來，奇道：「怎麼？」公冶乾道：「大師，我想去瞧瞧那口棺木。」奔入靈堂，伸手要去抬那棺材，突然心念一動，縮回雙手，從天井中竹竿上取下一件長衣，墊在手上。風波惡道：「怕棺上有毒？」公冶乾道：「人心叵測，不可不防。」運勁一提棺木，只覺十分沉重，裏面裝的決計不是死人，說道：「薛神醫果是假死。」

風波惡拔出單刀，道：「撬開棺蓋來瞧瞧。」公冶乾道：「此人號稱神醫，定然擅用毒藥，四弟，可要小心了。」風波惡道：「我理會得。」將單刀刀尖插入棺蓋縫中，向上扳動，只聽得軋軋聲響，棺蓋慢慢掀起。風波惡閉住呼吸，生怕棺中飄出毒粉。

包不同縱到天井之中，抓起在桂樹下啄食蟲豸的兩隻母鷄，回入靈堂，一揚手，將兩隻母鷄擲出，橫掠棺材而過。兩隻母鷄咯咯大叫，落在靈座之前，又向天井奔出，但只走得幾步，突然間翻過身子，雙腳伸了幾下，便即不動而斃。這時廊下一陣寒風吹過，兩隻死鷄身上的羽毛紛紛飛落，隨風而舞。衆人無不駭然。兩隻母鷄剛中毒而死，身上羽毛便即脫落，可見毒性之烈。一時誰也不敢走近棺旁。

玄難道：「鄧施主，那是甚麼緣故？薛神醫眞是詐死不成？」說著縱身而起，左手攀住橫樑，向棺中遙望，只見棺中裝滿了石塊，石塊中放著一隻大碗，碗中盛滿了清水。這碗清水，自然便是毒藥了。玄難搖了搖頭，飄身而下，說道：「薛施主就算不肯治傷，也用不著布置下這等毒辣的機關來陷害咱們。少林派和他無怨無仇，這等作爲，不太無理麼？難道……難道……」他連說了兩次「難道」，住口不言了，心中所想的是：「難道他和姑蘇慕容氏有甚深仇大怨不成？」

包不同道：「慕容公子和薛神醫從來不識，更無怨仇。倘若有甚麼樑子，我們身上所受的痛楚便再強十倍，也決不會低聲下氣的來向仇人求治。你當姓包的、姓風的是這等膿包貨色麼？」玄難合什道：「包施主說的是，是老僧胡猜的不對了。」他是有道高僧，心中既曾如此想過，雖口裏並未說出，卻也自承其非。

鄧百川道：「此處毒氣極盛，不宜多躭，咱們到前廳坐地。」當下衆人來到前廳，各抒己見，都猜不透薛神醫裝假死而布下陷阱的原因。包不同道：「這薛神醫如此可惡，咱們一把火將他的鬼窩兒燒了。」鄧百川道：「使不得，說甚麼薛先生總是少林派的朋友，衝著玄難大師的金面，可不能胡來。」

這時天色已然全黑，廳上也不掌燈，各人又飢又渴，卻均不敢動用宅子中的一茶一水。玄難道：「咱們還是出去，到左近農家去討茶做飯。鄧施主以爲怎樣？」鄧百川道：「是。不過三十里地之內，最好別飲水吃東西。這位薛先生極工心計，決不會只布置一口棺材就此了事，衆位大師倘若受了牽累，我們可萬分過意不去了。」他和公冶乾等雖不明眞正原委，但料想慕容家「以彼之道，還施彼身」的名頭太大，江湖上結下了許多沒來由的冤家，多半是薛神醫有甚麼親友遭害，將這筆帳記在姑蘇慕容氏頭上了。

衆人站起身來，走向大門，突然之間，西北角天上亮光一閃，跟著一條紅色火燄散了開來，隨即變成了綠色，猶如滿天花雨，紛紛墮下，瑰麗變幻，好看之極。風波惡道：「咦，是誰在放煙花？」這時既非元宵，亦不是中秋，怎地會有人放煙花？過不多時，又有一個橙黃色的煙花升空，便如千百個流星，相互撞擊。

公冶乾心念一動，說道：「這不是煙花，是敵人大舉來襲的訊號。」風波惡大叫：「妙極，妙極！打他個痛快！」

鄧百川道：「三弟、四弟，你們到廳裏躭著，我擋前，二弟擋後。玄難大師，此事跟少林派顯然並不相干，請衆位作壁上觀便了，只須兩不相助，慕容氏便深感大德。」

玄難道：「鄧施主說那裏話來？來襲的敵人若與諸位另有仇怨，這中間的是非曲直，我們也得秉公論斷，不能讓他們乘人之危，倚多取勝。倘若是薛神醫一夥，這些人暗布陷阱，你我敵愾同仇，豈有袖手旁觀之理？眾比丘，預備迎敵！」慧方、虛竹等少林僧齊聲答應。玄痛道：「鄧施主，我和你兩位兄弟同病相憐，自當攜手抗敵。」

說話之間，又有兩個煙花衝天而起，這次卻更加近了。再隔一會，又出現了兩個煙花，前後共放了六個煙花。每個煙花的顏色形狀各不相同，有的似是一枝大筆，有的四四方方，像是一塊棋盤，有的似是柄斧頭，有的卻似是一朵極大的牡丹。此後天空便一片漆黑。

玄難發下號令，命六名少林弟子守在屋子四周。但過了良久，不見敵人動靜。

各人屏息凝神，又過了一頓飯時分，忽聽得東邊有個女子的聲音唱道：「柳葉雙眉久不描，殘妝和淚污紅綃。長門自是無梳洗，何必珍珠慰寂寥？」歌聲柔媚婉轉，幽婉悽切。那聲音唱完一曲，立時轉作男聲，說道：「啊喲卿家，寡人久未見你，甚是思念，這才賜卿一斛珍珠，卿家收下了罷。」那人說完，又轉女聲道：「陛下有楊妃為伴，連早朝也廢了，幾時又將我這薄命女子放在心上，喂呀……」說到這裏，竟哭了起來。

虛竹等少林僧不諳世務，不知那人忽男忽女，在搗甚麼鬼，只是聽得心下不勝悽楚。鄧百川等卻知那人在扮演唐明皇和梅妃的故事，忽而串梅妃，忽而串唐明皇，聲音口吻，唯肖唯妙，在這當口忽然來了這樣一個伶人，人人心下嘀咕，不知此人是何用意。

只聽那人又道：「妃子不必啼哭，快快擺設酒宴，妃子吹笛，寡人爲你親唱一曲，以解妃子寂寥。」那人跟著轉作女聲，說道：「賤妾日夕以眼淚洗面，只盼再見君王一面，今日得見，賤妾死也瞑目了，喂呀……呃，呃……」

包不同大聲叫道：「孤王安祿山是也！兀那唐皇李隆基，你這胡塗皇帝，快快把楊玉環和梅妃都獻了出來！」外面那人哭聲立止，「啊」的一聲呼叫，似乎大吃一驚。

頃刻之間，四下裏又萬籟無聲。

短斧客捧了幾把乾糠和泥土放入石臼，提起一個大石杵，向臼中砰的一下力舂，跟著砰的又是一下。

三〇　揮灑縛豪英

過了一會，各人突然聞到一陣淡淡花香。玄難叫道：「敵人放毒，快閉住了氣，再聞解藥。」但過了一會，不覺有異，反覺頭腦清爽，花香中似無毒質。

外面那人說道：「七姊，是你到了麼？五哥屋中有個怪人，居然自稱安祿山。」一個女子聲音道：「只大哥還沒到。二哥、三哥、四哥、六哥、八弟，大家一齊現身罷！」

她一句話甫畢，大門外突然大放光明，一團奇異的亮光裹著五男一女。光亮中一個黑鬚老者大聲道：「老五，還不給我快滾出來。」他右手中拿著方方的一塊木板。那女子是個中年美婦。其餘四人中兩個是儒生打扮，一人似是個木匠，手持短斧，背負長鋸。另一個卻青面獠牙，紅髮綠鬚，形狀可怕之極，直是個妖怪，身穿一件亮光閃閃的錦袍。

鄧百川一凝神間，已看出這人是臉上用油彩繪了臉譜，並非眞的生有異相，他扮得便如戲台上唱戲的伶人一般，適才既扮唐明皇又扮梅妃的，自然便是此君了，當下朗聲道：「諸位尊姓大名，在下姑蘇慕容氏門下鄧百川。」

對方還沒答話，大廳中一團黑影撲出，刀光閃閃，向那戲子連砍七刀，正是一陣風風波惡。那戲子猝不及防，東躲西避，情勢狼狽。卻聽他唱道：「力拔山兮氣蓋世，時不利兮騅不逝，騅不逝兮可……」但風波惡攻勢太急，第三句便唱不下去了。

那黑鬚老者罵道：「你這漢子忒也無理，一上來便狂砍亂斬，吃我一招『大鐵網』！」手中方板一晃，便向風波惡頭頂砸到。

風波惡心下嘀咕：「我生平大小數百戰，倒沒見過用這樣一塊方板做兵刃的。」單刀疾落，便往板上斬去。錚的一聲響，一刀斬在板緣之上，那板紋絲不動，原來這塊方板形似木板，卻是鋼鐵，只是外面漆上了木紋而已。風波惡立時收刀，又待再發，不料手臂回縮，單刀竟爾收不回來，卻是給鋼板牢牢吸住了。風波惡大驚，運勁回奪，這才使單刀與鋼板分離，喝道：「邪門之至！你這塊鐵板是吸鐵石做的麼？」

那人笑道：「不敢，不敢！這是老夫的吃飯傢伙。」風波惡一瞥之下，見那板上縱一道、橫一道的畫著許多直線，顯然便是一塊下圍棋用的棋盤，說道：「希奇古怪，我跟你鬥鬥！」進刀如風，越打越快，只是刀身卻不敢再和對方的吸鐵石棋盤相碰。

那戲子喘了口氣，粗聲唱道：「雖不逝兮可奈何，虞兮虞兮奈若何？」忽然轉作女子聲音，嬌滴滴的說道：「大王不必煩惱，今日垓下之戰雖然不利，賤妾跟著大王，殺出重圍便了。」

包不同喝道：「直娘賊的楚霸王和虞姬，快快自刎，我乃韓信是也！」縱身伸掌，向那戲子肩頭抓去。那戲子沉肩躲過，唱道：「大風起兮雲飛揚，安得……啊唷，我漢高祖和呂后殺了你韓信。」左手從腰間抖出一條軟鞭，唰的一聲，向包不同抽去。

玄難見這幾人鬥得甚是兒戲，但雙方武功均甚了得，卻不知對方來歷，眉頭微皺，喝道：「諸位暫且罷手，先把話說明白了。」但要風波惡罷手不鬥，實是千難萬難，他自知身受寒毒之後，體力遠不如平時，而且寒毒隨時會發，力氣一失，便打不成架，一柄單刀使得猶如潑風相似，要及早勝過了對方。

四人酣戰聲中，大廳中又出來一人，嗆啷啷一聲響，兩柄戒刀相碰，威風凜凜，卻是玄痛。他大聲說道：「你們這批下毒害人的奸徒，老和尚今日大開殺戒了。」他連日苦受寒毒折磨，無氣可出，這時更不多問，雙刀便向那兩個儒生砍去。一個儒生閃身避過，另一個探手入懷，摸出一枝判官筆模樣的兵刃，施展小巧功夫，和玄痛鬥了起來。

另一個儒生搖頭晃腦的說道：「奇哉怪也！出家人竟也有這麼大的火氣，卻不知出於何典？」伸手到懷中一摸，奇道：「咦，那裏去了？」左邊袋中摸摸，右邊袋裏掏掏，抖抖袖子，拍拍胸口，說甚麼也找不到。

虛竹好奇心起，問道：「施主，你找甚麼？」那儒生道：「這位大和尚武功甚高，我兄弟鬥他不過，我要取出兵刃，來個以二敵一之勢，咦，奇怪，奇怪！我的兵刃卻放到那裏去了？」敲敲自己額頭，用心思索。虛竹心想：「上陣要打架，卻忘記兵器放在那裏，倒也有趣。」又問：「施主，你用的是甚麼兵刃？」

那儒生道：「君子先禮後兵，我的第一件兵刃是一部書。」虛竹道：「甚麼書？是武功秘訣麼？」那儒生道：「不是，不是。那是一部《論語》。我要以聖人之言來感化對方。」一面說，一面仍在身上各處東掏西摸。

包不同叫道：「小師父，快打他！」虛竹道：「待這位施主找到兵器，再動手不遲。」那儒生道：「宋楚戰於泓，楚人渡河未濟，行列未成，正可擊之，而宋襄公曰：『擊之非君子』。小師父此心，宋襄之仁也。」

那工匠模樣的人見玄痛一對戒刀上下翻飛，招數凌厲之極，再拆數招，只怕那使判官筆的書生便有性命之憂，當即揮斧而前，待要助戰。公冶乾呼的一掌，向他拍去。公冶乾模樣斯文，掌力可著實雄厚，有「江南第二」之稱，當日他與喬峯比酒比掌力，雖然輸了，喬峯對他卻好生敬重，可見內力造詣不凡。那工匠側身避過，橫斧斫來。

那儒生仍沒找到他那部《論語》，卻見同伴的一枝判官筆招法散亂，抵擋不住玄痛的雙刀，便向玄痛道：「喂，大和尚。子曰：『君子無終食之間違仁，造次必於是，顚沛必於是。』你出手想殺我四弟，那便不仁了。顏淵問仁，子曰：『克己復禮爲仁。一日克己復禮，天下歸仁焉。』夫子又曰：『非禮勿視，非禮勿聽，非禮勿言，非禮勿動。』你亂揮雙刀，狠霸霸的只想殺人，這等行動，毫不『克己』，那是『非禮』之至了。」

虛竹低聲問身旁的少林僧慧方道：「師叔，這人是不是裝傻？」慧方搖頭道：「我也不知道。這次出寺，師父吩咐大家小心，江湖上人心詭詐，甚麼鬼花樣都幹得出來。」

那書獃子又向玄痛道：「大和尚。子曰：『仁者必有勇，勇者必有仁。』你勇則勇矣，卻未必有仁，算不得是眞正的君子。子曰：『己所不欲，勿施於人。』人家倘若將你殺了，你當然很不願意了。你自己既不願死，卻怎麼去殺人呢？」

玄痛和那書生跳盪前後，揮刀急鬥，這書獃子隨著玄痛忽東忽西，時左時右，始終不離他三尺之外，不住勸告，武功顯然不弱。玄痛暗自警惕：「這傢伙如此胡言亂語，顯是要我分心，一找到我招式中的破綻，立時便乘虛而入。此人武功尚在這使判官筆的之上，倒不可不防。」這麼一來，他以六分精神去防備書獃，只以四分功夫攻擊使判官筆的書生。那書生情勢登時好轉。

又拆十餘招，玄痛焦躁起來，喝道：「走開！」倒轉戒刀，挺刀柄向那書獃胸口撞去。那書獃閃身讓開，說道：「我見大師武功高強，我和四弟以二敵一，也未必鬥你得過，是以良言相勸於你，還是兩下罷戰的爲是。子曰：『人而不仁，如禮何？人而不仁，如樂何？』大和尚『人而不仁』，當眞差勁之至了。」

玄痛怒道：「我是釋家，你這腐儒講甚麼人而不仁，根本打不動我的心。」那書獃伸起手指，連敲自己額頭，說道：「是極，是極！我這人可說是讀書而獃矣，眞正是書獃子矣。大和尚明明是佛門子弟，我跟你說孔孟的仁義道德，自然格格不入焉。」

風波惡久鬥那使鐵製棋盤之人，難以獲勝，時刻稍久，小腹中隱隱感到寒毒侵襲。包不同和那戲子相鬥，察覺對方武功也不甚高，只招數變化極繁，一時扮演西施，蹙眉捧心，蓮步姍姍，宛然是個絕代佳人的神態，頃刻之間，卻又扮演起詩酒風流的李太白來，醉態可掬，腳步東倒西歪。妙在他扮演各式人物，均有一套武功與之配合，手中軟鞭或作美人之長袖，或爲文士之采筆，倒令包不同啼笑皆非，一時也奈何他不得。

那書獃自怨自艾了一陣，突然長聲吟道：「既已捨染樂，心得善攝不？若得不馳散，深入實相不？」玄難與玄痛都是一驚：「這書獃子當眞淵博，連東晉高僧鳩摩羅什的偈句也背得出。」只聽他繼續吟道：「畢竟空相中，其心無所樂。若悅禪智慧，是法性無照。虛誑等無實，亦非停心處。大和尚，下面兩句是甚麼？我倒忘記了。」玄痛道：「仁者所得法，幸願示其要。」

那書獃哈哈大笑，道：「照也！照也！你佛家大師，豈不也說『仁者』？天下的道理，都是一樣的。我勸你還是回頭是岸，放下屠刀罷！」

玄痛心中一驚，陡然間大徹大悟，說道：「善哉，善哉！南無阿彌陀佛，南無阿彌陀佛。」嗆啷啷兩聲響，兩柄戒刀擲在地下，盤膝而坐，臉露微笑，閉目不語。

那書生和他鬥得甚酣，突然間見到他這等模樣，倒吃了一驚，判官筆卻不攻上。

虛竹叫道：「師叔祖，寒毒又發了嗎？」伸手待要相扶，玄難喝道：「別動！」一探玄痛鼻息，呼吸已停，竟爾圓寂了。玄難雙手合什，念起「往生咒」來。衆少林僧見玄痛圓寂，齊聲大哭，抄起禪杖戒刀，要和兩個書生拚命。玄難說道：「住手！玄痛師弟參悟眞如，往生極樂，乃成了正果，爾輩須得歡喜才是。」

正自激鬥的衆人突然見此變故，一齊罷手躍開。

那書獃大叫：「老五，薛五弟，快快出來，有人給我一句話激死了，快出來救命！你這他媽的薛神醫再不出來救命，那可乖乖不得了啊！」鄧百川道：「薛神醫不在家中，這位先生……」那書獃仍放開了嗓門，慌慌張張的大叫：「薛慕華，薛老五，薛神醫，快滾出來救人哪！你三哥激死了人，人家可要跟咱們過不去啦。」

那戲子跟著大叫：「薛五哥，快快出來！我乃曹操是也，專殺神醫華陀。」

包不同怒道：「你們害死了人，還在假惺惺的裝腔作勢。」呼的一掌，向那書獃拍了過去，左手跟著從右掌掌底穿出，一招「老龍探珠」，逕自抓他鬍子。那書獃閃身避過。風波惡、公冶乾等鬥得興起，不願便此停手，又打了起來。

鄧百川喝道：「躺下了！」左手探出，一把抓住那戲子的後心。鄧百川在姑蘇慕容氏屬下位居首座，武功精熟，內力雄渾。他出手將那戲子抓住，順手往地下一擲。那戲子身手矯捷，左肩一著地，身子便轉了半個圓圈，右腿橫掃，向鄧百川腿上踢來。這一下來勢奇快，鄧百川身形肥壯，轉動殊不便捷，眼見難以閃避，當即氣沉下盤，硬生生受了他這一腿。

那戲子接連幾個打滾，滾出數丈之外，喝道：「我罵你龐涓這奸賊，鍘斷我孫臏好腿，啊喲喲，我的腿啊！」原來腿上兩股勁力相交，那戲子抵敵不過，腿骨折斷。

那美婦人一直斯斯文文的站在一旁，這時見那戲子斷腿，其餘幾個同伴也給攻逼得險象環生，說道：「你們這些人是何道理，霸佔在我五哥的宅子之中，一上來不問情由，便出手傷人？」她雖是向對方質問，語氣仍然溫柔斯文。

那戲子躺在地下，仰天見到懸在大門口的兩盞燈籠，大驚叫道：「甚麼？甚麼？『薛公慕華之喪』，我五哥嗚呼哀哉了麼？」

那使棋盤的、兩個書生、使斧頭的工匠、美婦人一齊順著他手指瞧去，都見到了燈籠。兩盞燈籠中燭火早熄，黑沉沉的懸著，衆人一上來便即大鬥，誰也沒去留意，直到那戲子摔倒在地，這才抬頭瞧見。

那戲子放聲大哭，唱道：「唉，唉，我的好哥哥啊，我和你桃園結義，古城相會，你過五關，斬六將，何等威風……」起初唱的是「哭關羽」戲文，到後來真情激動，唱得不成腔調。其餘五人紛紛叫嚷：「是誰殺害了五弟？」「五哥啊，五哥啊，那一個天殺的兇手害了你？」「今日非跟你們拚個你死我活不可。」

玄難和鄧百川對瞧了一眼，均想：「這些人似乎都是薛神醫的結義兄弟。」鄧百川道：「我們有同伴受傷，前來請薛神醫救治，那知……」那美婦人道：「那知他不肯醫治，你們便將他殺了，是不是？」鄧百川道：「不……」下面那個「是」字還沒出口，只見那美婦人袍袖一拂，驀地裏鼻中聞到一陣濃香，登時頭腦暈眩，足下便似騰雲駕霧，站立不定。那美婦人叫道：「倒也，倒也！」

鄧百川大怒，喝道：「好妖婦！」運力於掌，呼的一掌拍出。那美婦人見鄧百川身子搖晃，已著了道兒，不料他竟尚能出掌，待要斜身閃避，已自不及，但覺一股猛力排山倒海般推來，氣息登窒，身不由主的向外摔出。喀喇喇幾聲響，臂骨和肩骨已斷，身子尚未著地，已暈了過去。鄧百川只覺眼前漆黑一團，也已摔倒。

雙方各自倒了一人，餘下的紛紛出手。玄難尋思：「這件事中間必有重大蹊蹺，只有先將對方盡數擒住，才免得雙方更有傷亡。」說道：「取禪杖來！」慧鏡轉身端起倚在門邊的禪杖，遞向玄難。那使判官筆的書生飛身撲到，右手判官筆點向慧鏡胸口。玄難揮掌拍出，手掌未到，掌力已及他後心，那書生應掌而倒。玄難一聲長笑，綽杖在手，橫跨兩步，揮杖便向那使棋盤的人砸去。

那人見來勢威猛，禪杖未到，杖風已將自己周身罩住，當下運勁於臂，雙手挺起棋盤往上硬擋，噹的一聲大響，火星四濺。那人只覺手臂酸麻，雙手虎口迸裂。玄難禪杖一舉，連那棋盤一起提起。那棋盤磁性極強，本來專吸敵人兵刃，今日敵強我弱，反給玄難的禪杖吸了去。玄難的禪杖跟著便向那人頭頂砸落。那人叫道：「這一下『鎮神頭』又兼『倚蓋』，我可抵擋不了啦！」向前疾竄。

玄難倒曳禪杖，喝道：「書獃子，給我躺下了！」橫杖掃將過去，威勢殊不可當。那書獃道：「夫子，聖之時者也！風行草偃，伏倒便伏倒，有何不可？」幾句話沒說完，早已伏倒在地。幾名少林僧跳將上去，將他按住。

少林寺達摩院首座果然不同凡響，只一出手，便將對方三名高手打倒。

那使斧頭的雙鬥包不同和風波惡，左支右絀，堪堪要敗。那使棋盤的人道：「罷了，罷了！六弟，咱們中局認輸，這局棋不必再下了。大和尚，我只問你，我們五弟到底犯了你們甚麼，你們要將他害死？」玄難道：「焉有此事……」

話未說完，忽聽得錚錚兩聲琴響，遠遠傳來。這兩下琴音一傳入耳鼓，衆人登時一顆心劇烈的跳了兩下。玄難一愕之際，只聽得那琴聲又錚錚的響了兩下。這時琴聲更近，各人心跳更加厲害。風波惡只覺心中一陣煩惡，右手一鬆，噹的一聲，單刀掉落在地。若不是包不同急忙出掌相護，敵人大斧砍來，已劈中他肩頭。那書獃叫道：「大哥快來！乖乖不得了！你慢吞吞的還彈甚麼鬼琴？子曰：『君命召，不俟駕行矣！』」

琴聲連響，一個老者大袖飄飄，緩步而來，高額凸顙，容貌奇古，笑咪咪的臉色極為和藹，手抱一具瑤琴。

那書獃等一夥人齊叫：「大哥！」那人走近前來，向玄難抱拳道：「是哪一位少林高僧在此？小老兒多有失禮。」玄難合什道：「老衲玄難。」那人道：「呵呵，是玄難師兄。貴派的玄苦大師，是大師父的師兄弟罷？小老兒曾與他有數面之緣，相談極是投機，他近來身子想必清健。」玄難黯然道：「玄苦師兄已圓寂歸西。」

那人木然半晌，突然間向上一躍，高達丈餘，身子尚未落地，只聽得半空中他已大放悲聲，哭了起來。玄難和公冶乾等都吃了一驚，沒想到此人這麼一大把年紀，哭泣起來卻如小孩一般。他雙足一著地，立即坐倒，用力拉扯鬍子，兩隻腳的腳跟如擂鼓般不住擊打地面，哭道：「玄苦，你怎麼不知會我一聲，就此死了？這不是豈有此理麼？我這一曲『梵音普安奏』，許多人聽過都不懂其中道理，你卻說此曲之中，大含禪意，聽了一遍，又是一遍。你這個玄難師弟，未必有你這麼悟性，我若彈給他聽，多半是要對牛彈琴、牛不入耳了！唉，我好命苦啊！」

玄難初時聽他痛哭，心想他是個至性的人，悲傷玄苦師兄之死，但越聽越不對，原來他是哀悼世上少了個知音人，哭到後來，竟說對自己彈琴乃是「對牛彈琴」。他是有德高僧，也不生氣，只微微一笑，心道：「這羣人個個瘋瘋顛顛。這人的性子脾氣，與他的一批把弟臭味相投，這眞叫做物以類聚了。」

只聽那人又哭道：「玄苦啊玄苦，我爲了報答知己，苦心孤詣的又爲你創了一首新曲，叫做『一葦吟』，頌揚你們少林寺始祖達摩老祖一葦渡江的偉績，你怎麼也不聽了？」忽然向玄難道：「玄苦師兄的墳墓在那裏？你快快帶我去，快，快，越快越好。我到他墳上彈奏這首新曲，說不定能令他聽得心曠神怡，活了轉來。」

玄難道：「施主不可胡言亂語，我師兄圓寂之後，早就火化成灰了。」

那人一呆，說道：「那很好，你將他的骨灰給我，我用牛皮膠把他骨灰調開了，黏在我瑤琴之下，從此每彈一曲，他都能聽見。你說妙不妙？哈哈，哈哈，我這主意可好？」他越說越高興，不由得拍手大笑，驀地見那美婦人倒在一旁，驚道：「咦，七妹，怎麼了？是誰傷了你？」

玄難道：「這中間有點誤會，咱們正待分說明白。」那戲子叫道：「大哥，他們打死了五哥，你快快爲五哥報仇雪恨。」那彈琴老者臉色大變，叫道：「豈有此理！老五是閻王敵，閻羅王怎能奈何得了他？」玄難道：「薛神醫是裝假死，棺材裏只有毒藥，沒有死屍。」彈琴老者等人盡皆大喜，紛紛詢問：「老五爲甚麼裝假死？」「死屍到那裏去了？」「他沒有死，怎麼會有死屍？」

忽然間遠處有個細細的聲音飄將過來：「薛慕華，薛慕華，你師叔老人家到了，快快出來迎接。」這聲音若斷若續，相距甚遠，但入耳清晰，顯是呼叫之人內功極深。那戲子、書獃、工匠等不約而同的齊聲驚呼。那彈琴老者叫道：「大禍臨頭，大禍臨頭！」東張西望，神色驚懼，說道：「來不及逃走啦！快，快，大家都進屋去。」包不同大聲道：「甚麼大禍臨頭？天塌下來麼？」那老者顫聲道：「快，快進去！天塌下來倒不打緊，這個……」包不同道：「你老先生儘管請便，我可不進去。」

那老者右手突然伸出，一把抓住了包不同胸口穴道。這一下出手實在太快，包不同猝不及防，已然受制，身子給對方一提，雙足離地，不由自主的讓他提著奔進大門。

玄難和公冶乾都大爲訝異，正要開口說話，那使棋盤的低聲道：「老師父，大家快快進屋，有一個厲害之極的大魔頭轉眼便到。」玄難一身神功，在武林中罕有對手，怕甚麼大魔頭、小魔頭？問道：「那一個大魔頭？喬峯麼？」那人搖頭道：「不是，不是，比喬峯可厲害狠毒得多了。是星宿老怪。」玄難微微一哂，道：「是星宿老怪，那眞再好不過，老衲正要找他。」那人道：「你老師父武功高強，自然不怕。不過這裏人人都給他整死，只你一個人活著，倒也慈悲得緊。」

他這幾句是譏諷之言，可是卻眞靈驗，玄難一怔，便道：「好，大家進去！」

便在這時，那彈琴老者已放下包不同，又從門內奔了出來，連聲催促：「快，快！還等甚麼？」風波惡喝問：「我三哥呢？」那老者左手反手一掌，向他右頰橫掃過去。風波惡體內寒毒已開始發作，正自難當，見他手掌打來，急忙低頭避讓。不料這老者左手一掌沒使老了，突然間換力下沉，已抓住了風波惡的後頸，說道：「快，快，快進去！」像提小鷄一般，又將他提了進去。

公冶乾見那老者似乎並無惡意，但兩個把弟都是一招間便即爲他制住，當即大聲呼喝，搶上要待動手，但那老者身法如風，早已奔進大門。那書生抱起戲子、工匠扶著美婦，也都奔進屋去。玄難見事態詭異多端，心想不可魯莽，以免出了亂子，說道：「公冶施主，大家還是進去，從長計議便了。」

當下虛竹和慧方抬起玄痛的屍身，公冶乾抱了鄧百川，一齊進屋。

那彈琴老者又再出來催促，見衆人已然入內，忙關上大門，取過門閂來閂。那使棋盤的道：「大哥，這大門還是大開的爲是。這叫做實者虛之，虛者實之。叫他不敢貿然闖進。」那老者道：「是麼？好，這便聽你的。這……這行嗎？」語音中全無自信。

玄難和公冶乾對望一眼，均想：「這老兒武功高強，何以臨事如此慌張失措？這樣一扇木門，連個尋常盜賊也抵擋不住，何況對付星宿老怪，闗與不闗有甚麼分別？」

那老者連聲道：「六弟，你想個主意，快想個主意啊。」

玄難雖頗有涵養，但見他如此惶懼，也不禁心頭火起，說道：「老丈，這星宿老怪就算再厲害狠毒，咱們大夥兒聯手禦敵，也未必便輸於他了，又何必這等……這等……嘿……這等小心謹慎。」這時廳上已點了燭火，他一瞥之下，那老者固然神色惶恐，那使棋盤的、書獃、工匠、使判官筆的諸人，也均有慄慄之意。玄難親眼見到這些人武功頗為不弱，更兼瘋瘋顛顛，漫不在乎，似乎均是遊戲人間的瀟洒之士，突然之間卻變成了心驚膽戰、猥瑣無用的懦夫，委實不可思議。

公冶乾見包不同和風波惡都好端端的坐在椅上，只寒毒發作，不住顫抖，當下扶著鄧百川也在一張椅中坐好，幸好他脈搏調勻，只如喝醉了酒一般昏昏大睡，絕無險象。

眾人面面相覷，過了片刻，那使短斧的工匠從懷中取出一把曲尺，在廳角中量了量，搖搖頭，拿起燭台，走向後廳。眾人都跟了進去，但見他四下打量，忽然縱身而起，在橫樑上量了一下，又搖搖頭，再向後面走去，到了薛神醫的假棺木前，瞧了幾眼，搖頭道：「可惜，可惜！」彈琴老者道：「沒用了麼？」使短斧的道：「不成，師叔一定看得出來。」彈琴老者怒道：「你……你還叫他師叔？」短斧客搖了搖頭，一言不發的又向後走去。

公治乾心想：「此人除了搖頭，似乎旁的甚麼也幹不了。」

短斧客量量牆角，踏踏步數，屈指計算，宛然是個建造房屋的梓人，一路數著步子到了後園。他拿著燭台，凝思半晌，向廊下一排五隻石臼走去，又想了一會，將燭台放在地下，走到左邊第二隻大石臼旁，捧了幾把乾糠和泥土放入臼中，提起旁邊一個大石杵，向臼中砰的一下力舂，跟著砰的又是一下，石杵沉重，落下時甚是有力。

公治乾輕嘆一聲，心道：「這次當眞倒足了大霉，遇上了一羣瘋子，在這當口，他居然還有心情去舂米。倘若舂的是米，那也罷了，石臼中放的明明是穀糠和碎土，唉！」過了一會，包不同與風波惡身上寒毒暫歇，也奔到了後園。

砰，砰，砰！砰，砰，砰！舂米之聲連續不絕。

包不同道：「老兄，你想舂了米來下鍋煮飯麼？你舂的可不是米啊。我瞧咱們還是耕起地來，撒上穀種，等得出了秧……」突然間花園中東南角七八丈處發出幾下軋軋之聲。聲音輕微，但頗爲特異，玄難、公治乾等人向聲音來處瞧去，只見當地並排種著四株桂樹。

砰的一下，砰的一下，短斧客不停手的搗杵，說也奇怪，數丈外靠東第二株桂花樹竟然枝葉搖晃，緩緩向外移動。又過片刻，衆人都已瞧明，短斧客每搗一下，桂樹便移動一寸半寸。彈琴老者一聲歡呼，向那桂樹奔了過去，低聲道：「不錯，不錯！」衆人跟著他奔去。只見桂樹移開處露出一塊大石板，石板上生著一個鐵環挽手。

公冶乾既驚佩，又慚愧，說道：「這個地下機關安排得巧妙之極，當眞匪夷所思。這位仁兄在頃刻之間，便發見了機括所在，聰明才智，實不在建造機關者之下。」包不同道：「非也，非也！你焉知這機關不是他自己建造的？」公冶乾笑道：「我說他才智不在建造機關者之下，如果機關是他所建，他的才智自然不在他自己之下。」包不同道：「非也，非也！不在其下，或在其上。他的才智又怎能在他自己之上？」

短斧客再搗了十餘下，大石板已全部露出。彈琴老者握住鐵環，向上急拉，卻紋絲不動，待要運力再拉，短斧客驚叫：「大哥，住手！」縱身躍入旁邊一隻石臼，拉開褲子，撒起尿來，叫道：「大家快來，一齊撒尿！」彈琴老者一愕，忙放下鐵環，霎時之間，使棋盤的、書獃子、使判官筆的，再加上彈琴老者和短斧客，齊向石臼中撒尿。

公冶乾等見這五人發瘋撒尿，盡皆笑不可抑，但頃刻之間，各人鼻中便聞到了一陣火藥氣味。那短斧客道：「好了，沒危險啦！」偏是那彈琴老者的一泡尿最長，撒之不休，口中喃喃自語：「該死，該死，又給我壞了一個機關。六弟，若不是你見機得快，咱們都已給炸成肉漿了。」公冶乾等心下凜然，均知在這片刻之間，實已去鬼門關走了一轉，顯然鐵環之下連有火石、火刀、藥線，一拉之下，點燃藥線，預藏的火藥便即爆炸，幸好短斧客機警，大夥撒尿，浸濕引線，大禍這才避過。

短斧客走到右首第一隻石臼旁，運力將石臼向右轉了三圈，抬頭向天，口中低唸口訣，默算半晌，將石臼再向左轉了六個半圈子。只聽得一陣輕微的軋軋之聲過去，大石板向旁縮進，露出個洞孔。這一次彈琴老者不敢魯莽，向短斧客揮了揮手，要他領路。

忽然地底下有人罵道：「星宿老怪，你奶奶的，你這賊八王！很好，很好！你終於找上我啦，算你厲害！你為非作歹，終須有日得到報應。來啊，進來殺我啊！」

書生、工匠、戲子等齊聲歡呼：「老五果然沒死！」那彈琴老者叫道：「五弟，是咱們全到了。」地底那聲音一停，跟著叫道：「真的是大哥麼？」聲音中滿是喜悅之意。

嗤的一聲響，洞孔中鑽出一個人來，正是閻王敵薛神醫。

他沒料到除了彈琴老者等義兄弟外，尚有不少外人，不禁一怔，向玄難道：「大師，你也來了！這幾位都是朋友麼？」

玄難微一遲疑，道：「是，都是朋友。」本來少林寺認定玄悲大師是死於姑蘇慕容氏之手，將慕容氏當作了大對頭。但此番同來柳宗鎮求醫，道上鄧百川、公冶乾力陳玄悲大師決非慕容公子所殺，玄難已信了六七分，再加此次共遭危難，同舟共濟，已認定這一夥人是朋友了。公冶乾聽他如此說，向他點了點頭。

薛神醫道：「都是朋友，那再好也沒有了，請大家一起下去。」搶先從洞孔入口走下地道。當下各人扶抱傷者，魚貫入內，連玄痛的屍身也抬了進去。

薛神醫扳動機括，大石板自行掩上，他再扳動機括，隱隱聽得軋軋聲響，衆人料想移開的桂樹又回上了石板。裏面是一條石砌的地道，各人須得彎腰而行，走了片刻，地道漸高，到了一條天然生成的隧道之中。又行十餘丈，來到一個寬廣的石洞。洞內生了火炬，內有通風之處，煙霧外透。火炬旁坐著二十來人，男女老幼都有。這些人聽得腳步聲，一齊回過頭來。

薛神醫道：「這些都是我家人，事情緊迫，也不叫他們來拜見了，失禮莫怪。大哥、二哥，你們怎麼來的？」不等彈琴老者回答，便即察視各人傷勢。第一個看的是玄痛，薛神醫道：「這位大師悟道圓寂，可喜可賀。」看了看鄧百川，微笑道：「我七妹的花粉只將人醉倒，再過片刻便醒，沒毒的。」那中年美婦和戲子受的都是外傷，雖然不輕，在薛神醫自是小事一件。他把過包不同和風波惡的脈，診視二人病情，閉目抬頭，苦苦思索。

過了半晌，薛神醫搖頭道：「奇怪，奇怪！打傷這兩位兄台的卻是何人？」公冶乾道：「是個形貌十分古怪的少年。」薛神醫搖頭道：「少年？此人武功兼正邪兩家之所長，內功深厚，少說也有三十年的修爲，怎能是個少年？」玄難道：「確是個少年，但掌力渾厚，我玄痛師弟也是受了他的寒毒，致成重傷。他是星宿老怪的弟子。」

薛神醫驚道：「星宿老怪的弟子，竟也如此厲害？了不起！」搖頭道：「慚愧，慚愧。這兩位兄台的寒毒，在下實是無能爲力。『神醫』兩字，今後是不敢稱的了。」

忽聽得一個洪亮的聲音說道：「薛先生，既是如此，我們便當告辭。」說話的正是鄧百川，他爲花粉迷倒，適於此時醒轉，聽到了薛神醫最後幾句話。包不同道：「是啊！躲在這地底下幹甚麼？大丈夫生死有命，豈能學那烏龜田鼠，藏在地底洞穴之中？」

薛神醫冷笑道：「施主吹的好大氣兒！你知外邊是誰到了？」風波惡道：「你們怕星宿老怪，我可不怕。枉爲你們武功高強，一聽到星宿老怪的名字，竟如此喪魂落魄。」那彈琴老者道：「你連我也打不過，星宿老怪是我師叔，你說他厲害不厲害？」

玄難岔開話題，說道：「老衲今日所見所聞，種種不明之處甚多，想要請教。」

薛神醫道：「我們師兄弟八人，號稱『函谷八友』。」指著那彈琴老者道：「這位是我們大師哥，我是老五。其餘的事情，一則說來話長，一則也不足爲外人道……」

正說到這裏，忽聽得一個細細的聲音叫道：「薛慕華，怎不出來見我？」

這聲音細若游絲，似乎只能隱約相聞，但洞中諸人個個聽得十分清楚，這聲音便像一條金屬細線，穿過了十餘丈厚的地面，又如順著那曲曲折折的地道進入各人耳鼓。

那彈琴老者「啊」的一聲，跳起身來，顫聲道：「星……星宿老怪！」風波惡大聲道：「大哥、二哥、三哥，咱們出去決一死戰。」彈琴老者道：「使不得，萬萬使不得。你們這一出去，枉自送死，那也罷了！可是洩漏了這地下密室的所在，這裏許多人的性命，全都送在你這一勇之夫的手裏了。」包不同道：「他的話聲能傳到地底，豈不知咱們便在此處？你甘願裝烏龜，他還是要揪你出去，要躲也是躲不過的。」那使判官筆的書生道：「一時三刻之間，他未必便能進來，還是大家想個善法的爲是。」

彈琴老者道：「很好！玄難大師，屆時那大魔頭到來，我們師兄弟八人決計難逃毒手。你們各位卻是外人。那大魔頭一上來專心對付我們這班師姪，各位頗有逃生的餘裕。各位千萬不可自逞英雄好漢，和他爭鬥。要知道，只要有誰在星宿老怪的手底逃得性命，已是了不起的英雄好漢。」

包不同道：「好臭，好臭！」各人嗅了幾下，沒聞到臭氣，向包不同瞧去的眼色中均帶疑問之意。包不同指著彈琴客道：「此人猛放狗屁，臭不可耐！」他適才一招之間便給這老兒制住，好生不忿，雖然其時適逢身上寒毒發作，手足無力，也知自己武功遠不及他，但對手越強，他越要罵。

那使棋盤的橫了他一眼，道：「你要逃脫我大師兄的掌底，已難辦到，何況我師叔的武功又勝我大師兄十倍，到底是誰在放狗屁了？」包不同道：「非也，非也！武功高低，跟放不放狗屁全不相干。武功高強，難道就不放狗屁？不放狗屁的，難道武功一定高強？孔夫子不會武功，莫非他老人家就專放狗屁……」

鄧百川心想：「這些人的話也非無理，包三弟跟他們胡扯爭鬧，徒然耗費時刻。」便道：「諸位來歷，在下尚未拜聆，適才多有誤會，誤傷了兩位朋友，在下萬分歉仄。今日既是同禦妖邪，大家算得一家人了。待會強敵到來，我們姑蘇慕容公子手下的部屬雖然不濟，逃是決計不逃的，倘若當眞抵敵不住，大家一齊畢命於此便了。」

玄難道：「慧鏡、虛竹，你們若有機會，務當設法脫逃，回到寺中，向方丈報訊。免得大家給妖人一網打盡，連訊息也傳不出去。」六名少林僧合什說道：「恭領法旨。」薛慕華和鄧百川等聽玄難如此說，已明白他是決意與衆人同生共死，而是否對付得了星宿老怪，心中也實無把握。

薛慕華道：「衆位少林派師父，你們回到寺中，方丈大師問起前因後果，只怕你們答不上來。此事本來是敝派的門戶之羞，原不足爲外人道。但爲了除滅這武林中的大患，若不是少林高僧主持大局，實難成功。在下須當爲各位詳告，只是敬盼各位除了向貴寺方丈稟告之外，不可向旁人洩漏。」慧鏡、虛竹等齊聲答應。

薛慕華向彈琴老者康廣陵道：「大師哥，這中間的緣由，小弟要說出來了。」

康廣陵雖於諸師兄弟中居長，武功也遠遠高出儕輩，爲人卻十分幼稚，薛慕華如此問他一聲，只不過在外人之前全他臉面而已。康廣陵道：「這可奇了，嘴巴生在你的頭上，你要說便說，又問我幹麼？」

薛慕華道：「玄難大師、鄧師傅，我們的受業恩師，武林中人稱聰辯先生……」玄難和鄧百川等都是一怔，齊道：「你們都是他弟子？」聰辯先生便是聾啞老人。此人天聾地啞，偏偏取個外號叫做「聰辯先生」，他門中弟子個個給他刺聾耳朵，割斷舌頭，江湖上眾所周知。可是康廣陵這一羣人卻耳聰舌辯，這就大大的奇怪了。

薛慕華道：「家師門下弟子人人既聾且啞，那是近幾十年來的事。以前家師不是聾子，更非啞子，他是給師弟星宿老怪丁春秋激得變成聾啞的。」玄難等都是「哦」的一聲。薛慕華道：「我祖師爺收了兩個弟子，大弟子姓蘇，名諱上星下河，那便是家師，二弟子丁春秋。他二人的武功本在伯仲之間，但到得後來，卻分了高下……」

包不同插口道：「嘿嘿，定然是你師叔丁春秋勝過了你師父，那倒不用說了。」薛慕華道：「話也不是這麼說。我祖師學究天人，胸中所學包羅萬象……」包不同道：「不見得啊不見得！」薛慕華已知此人專和人抬槓，不去理他，繼續道：「初時我師父和丁春秋學的都是武功，但後來我師父卻分了心，去學祖師爺彈琴音韻之學……」

包不同指著康廣陵道：「哈哈，你這彈琴的鬼門道，便是如此轉學來的了。」

康廣陵瞪眼道：「我的本事若不是跟師父學的，難道是跟你學的？」

薛慕華道：「倘若我師父只學一門彈琴，倒也沒甚麼大礙，偏是祖師爺所學實在太廣，琴棋書畫，醫卜星相，工藝雜學，貿遷種植，無一不會，無一不精。我師父起始學了一門彈琴，不久又去學弈，再學書法，又學繪畫。各位請想，這些學問每一門都是大耗心血時日之事，那丁春秋初時假裝每樣也都跟著學學，學了十天半月，便說自己資質太笨，難以學會，就不學了，只專心於武功。如此十年八年下來，他師兄弟二人的武功便頗有高下了。」

玄難連連點頭，道：「單是彈琴或弈棋一項，便得耗了一個人大半生的精力，聰辯先生居然能專精數項，實所難能。那丁春秋專心一致，武功上勝過了師兄，也不算希奇。」

康廣陵道：「老五，還有更要緊的呢，你怎麼不說？快說，快說。」

薛慕華道：「那丁春秋專心武學，本來也是好事，可是……唉……這件事說起來，於我師門實在太不光采。那丁春秋仗著比我祖師爺年輕二三十歲，又生得俊俏，竟去姘上了我祖師爺的情人。這件事大傷我祖師爺臉面，我們也只心照，誰也不敢提上一句，當面背後，都裝聾作啞。祖師爺也就詐作不知，那是啞子吃黃連。總而言之，丁春秋使了種種卑鄙手段，又在暗中偷偷學會了幾門厲害之極的邪術，我祖師爺惱怒之下，要待殺他，豈知這丁春秋先下手為強，突然發難，將我祖師爺打得重傷。祖師爺究竟身負絕學，雖在猝不及防之時中了暗算，仍能苦苦撐持，直至我師父趕到救援。我師父的武功不及這惡賊，一場惡鬥之後，我師父復又受傷，祖師爺則墮入了深谷，不知生死。我師父因雜學而躭誤了武功，但這些雜學畢竟也不是全無用處。危難之際，我師父擺開奇門遁甲之術，與丁春秋僵持不下。

「丁春秋一時無法破陣殺我師父，再者，他知道本門有不少奧妙神功，祖師爺始終沒傳他師兄弟二人，料想祖師爺臨死之時，必將這些神功秘笈的所在告知我師父，只能慢慢逼迫我師父吐露，又加師叔祖從旁相勸，他便讓了步，只要我師父從此不開口說一句話，便不來再找他晦氣。那時我師父門下，共有我們這八個不成材的弟子。我師父寫下書函，將我們遣散，不再認爲是弟子，從此果眞裝聾作啞，不言不聽，再收的弟子，也均刺耳斷舌，創下了『聾啞門』的名頭。推想我師父之意，想是深悔當年分心去務雜學，以致武功上不及丁春秋，既聾且啞之後，各種雜學便不會去碰了。

「我們師兄弟八人，除了跟師父學武之外，每人還各學了一門雜學。那是在丁春秋叛師之前的事，其時家師還沒深切體會到分心旁騖的大害，因此非但不加禁止，反而頗加獎飾，用心指點。康大師兄廣陵，學的是奏琴。」

包不同道：「他這是『對己彈琴，己不入耳』。」

康廣陵怒道：「你說我彈得不好？我這就彈給你聽聽。」說著便將瑤琴橫放膝頭。

薛慕華忙搖手阻止，指著那使棋盤的道：「范二師兄百齡，學的是圍棋，當今天下，少有敵手。」包不同向范百齡瞧了一眼，說道：「無怪你以棋盤作兵刃。只是棋盤以磁鐵鑄成，吸人兵器，未免取巧，不是正人君子之所爲。」范百齡道：「弈棋之術，固有堂堂之陣，正正之師，但奇兵詭道，亦所不禁。」

薛慕華道：「我范二師哥的棋盤所以用磁鐵鑄成，原是爲了鑽研棋術之用。他不論行走坐臥，突然想到一個棋勢，便要用黑子白子布列一番。他的棋盤是磁鐵所製，將鐵鑄的棋子放了上去，縱在車中馬上，也不會移動傾跌。後來因勢乘便，就將棋盤作了兵刃，棋子作了暗器，倒不是有意用磁鐵之物來佔人便宜。」

包不同心下稱是，口中卻道：「理由欠通，大大的欠通。范老二如此武功，若是用一塊木製棋盤，將鐵棋子拍了上去，嵌入棋盤之中，那棋子難道還會掉下來？」

薛慕華道：「那究竟不如鐵棋盤的方便了。我苟三師哥單名一個『讀』字，性好讀書，諸子百家，無所不窺，是一位極有學問的宿儒，諸位想必都已領教過了。」

包不同道：「小人之儒，不足一哂。」苟讀怒道：「甚麼？你叫我是『小人之儒』，難道你便是『君子之儒』麼？」包不同道：「豈敢，豈敢！」

薛慕華知道他二人辯論起來，只怕三日三夜也沒有完，忙打斷話頭，指著那使判官筆的書生道：「這位是我四師哥，雅擅丹青，山水人物，翎毛花卉，並皆精巧。他姓吳，拜入師門之前，在大宋朝廷做過領軍將軍之職，因此大家便叫他吳領軍。」

包不同道：「只怕領軍是專打敗仗，繪畫則人鬼不分。」吳領軍道：「倘若描繪閣下尊容，確是人鬼難分。」包不同哈哈大笑，說道：「老兄幾時有暇，以包老三的尊容作範本，繪上一幅『鬼趣圖』，倒也極妙。」

薛慕華笑道：「包兄英俊瀟洒，何必過謙？在下排行第五，學的是一門醫術，江湖上總算薄有微名，還沒忘了我師父所授的功夫。」

包不同道：「傷風咳嗽，勉強還可醫治，一遇到在下的寒毒，那便束手無策了。這叫做大病治不了，小病醫不死。嘿嘿，神醫之稱，果然名不虛傳。」

康廣陵捋著長鬚，斜眼相睨，說道：「你這位老兄性子古怪，倒是有點與衆不同。」包不同道：「哈哈，我姓包，名不同，當然是與衆不同。」康廣陵哈哈大笑，道：「你當眞姓包？當眞名叫不同？」包不同道：「這難道還有假的？嗯，這位專造機關的老兄，定然精於土木工藝之學，是魯班先師的門下了？」

薛慕華道：「正是，六師弟馮阿三，本來是木匠出身。他在投入師門之前，已是一位巧匠，後來再從家師學藝，更是巧上加巧。七師妹姓石，精於蒔花，天下的奇花異卉，一經她的培植，無不欣欣向榮。」

鄧百川道：「石姑娘將我迷倒的藥物，想必是取自花卉的粉末，並非毒藥。」那姓石的美婦人閨名叫做清風，微微一笑，道：「適才多有得罪，鄧老師恕罪則個。」鄧百川道：「在下魯莽，出手太重了，姑娘海涵。」

薛慕華指著那一開口便唱戲的人道：「八弟李傀儡，一生沉迷扮演戲文，瘋瘋顛顛，於這武學一道，不免疏忽了。唉，豈僅是他，我們同門八人，個個如此。其實我師父所傳的武功，我一輩子已然修習不了，偏偏貪多務得，到處去學旁人的絕招，到頭來……唉……」

李傀儡橫臥地下，叫道：「孤王乃李存勗是也，不愛江山愛做戲，嗳，好耍啊好耍！」其時北宋年間，伶人所演戲文極爲簡陋，不過是參軍、鮑老、回鶻等幾個腳色，但李傀儡多讀詩書，自行扮演古人，不論男女，都扮得唯妙唯肖，遠過當時戲中腳色。

包不同道：「孤王乃李嗣源是也，搶了你的江山，砍了你的腦袋。」書獃苟讀插口道：「李存勗爲手下伶人郭從謙所弒，並非死於李嗣源之手。」包不同不熟史事，料知掉書包決計掉不過苟讀，叫道：「呀呀呸！吾乃郭從謙是也！啊哈，吾乃秦始皇是也，焚書坑儒，專坑小人之儒。」

薛慕華道：「我師兄弟八人雖給逐出師門，卻不敢忘了師父教誨的恩德，自己合稱『函谷八友』，以紀念當年師父在函谷關邊授藝之恩。旁人只道我們臭味相投……」包不同鼻子吸了幾下，說道：「好臭，好臭！」苟讀道：「《易經・繫辭》曰：『同心之言，其臭如蘭。』臭即是香，老兄毫無學問。」包不同道：「老兄之言，其香如屁！」

薛慕華道：「誰也不知我們原是同門的師兄弟。我們爲提防那星宿老怪重來中原，給他一網打盡，是以每兩年聚會一次，平時卻散居各處。不久之前，丁老怪派了他弟子前來，叫我去給他一個大肚和尚治病。姓薛的生平有一椿壞脾氣，人家要我治病，非得好言相求不可，更何況求醫之人是丁老怪的弟子，我自然不肯去。那人逼迫不成，憤然離去。我想丁老怪遲早會找上門來。是以我假裝身死，在棺中暗藏劇毒，盼望引他上鉤，我全家老幼則藏在這地洞之中。」

包不同道：「要人家好言相求，這才出手治病，那有甚麼希奇？姓包的也有這麼一椿壞脾氣，人家若要給我治病，非好言相求不可，倘若對方恃勢相壓，包某寧可疾病纏身而死，也決不讓人治病。」

康廣陵哈哈大笑，說道：「你又是甚麼好寶貝了？人家硬要給你治病，還得苦苦向你哀求，除非……除非……」一時想不出「除非」甚麼來。

包不同道：「除非你是我的兒子。」康廣陵一怔，心想這話倒也不錯，倘若我的父親生了病不肯看醫生，我定要向他苦苦哀求了。他是個很講道理之人，沒想到包不同這話是討他的便宜，便道：「是啊，我又不是你的兒子。」包不同道：「你是不是我兒子，只有你媽媽心裏明白，你自己怎知？」康廣陵一愕，又點頭道：「話倒不錯。」包不同哈哈一笑，心想：「此人是個大傻瓜，再討他的便宜，勝之不武。」

薛慕華道：「也是事有湊巧，眼下正是我師兄弟八人每兩年一次的聚會之期。我那老僕誤認諸位便是我所懼怕的對頭，眼見情勢緊迫，不等我囑咐，便將向諸同門報訊的流星火炮點了起來。這流星火炮是我六師弟巧手所製，放上天空之後，光照數里，我同門八人，每人的流星花色不同。此事可說有幸有不幸。幸運的是，我函谷八友在危難之際得能相聚一堂，攜手抗敵。但竟如此給星宿老怪一網打盡，也可說是不幸之極了。」

包不同道：「星宿老怪本領就算厲害，也未必強得過少林高僧玄難大師。再加上我們這許多蝦兵蟹將，在旁吶喊助威，拚命一戰，鹿死誰手，尚未可知。又何必如此……如此……如此……」他說了三個「如此」，牙關格格相擊，寒毒發作，再也說不下去。

李傀儡高聲唱道：「我乃行刺秦皇之荊軻是也。風蕭蕭兮身上寒，壯士發抖兮口難開！」突然間地下一條人影飛起，挺頭向他胸口撞去。李傀儡「啊喲」一聲，揮臂推開，那人抓住了他，廝打起來，正是一陣風風波惡。鄧百川忙道：「四弟，不可動粗。」伸手將風波惡拉開。

鄧百川道：「各位說得坦率，醜事也不隱瞞，確是夠朋友了。大敵當前，待會死活難知，我們姑蘇慕容也當將所知一五一十相告。當年慕容老爺跟我們談論，說道丁春秋的祖師爺所學之中，有一門『天長地久不老長春功』。慕容老爺說道，長生成仙是騙人的，世上決無不死之人。但如內功修得對了，卻可駐顏不老。三四十歲的女子，可練得宛似十八九歲；五六十歲的婦人，可練得皮光肉滑，面白唇紅，便如二三十歲一般。女子人人想長保青春，男人何嘗不然？丁春秋不殺你們祖師爺，料來是想逼得他傳授這門『長春功』。丁老怪多半曾練過這門功法，但效力有時而盡，現在也慢慢顯現了老態。他若知『長春功』漸漸失效，多半要到蘇州來查書。」

苟讀道：「查書？這倒奇了，他該來問我才對。」鄧百川道：「苟先生雖學富五車，丁春秋想查的那『長春功』功訣，只怕不在五車之內，是在第六車中。丁春秋勾引了祖師爺的情人，兩人逃來蘇州，隱居之地就在太湖的一處莊子。他兩人盜來的大批武功祕笈，也就藏在蘇州。」

玄難說道：「如果只是查書，那讓他查查也就是了。」鄧百川道：「我們瞧丁老怪志不在小。那『長春功』如單只駐顏不老，他美他的，咱們不瞧他的臭臉便是。他眞正用心，恐是要加強他的『化功大法』。」玄難一凜，說道：「請問薛神醫，那『化功大法』到底是怎樣一門武學？致使武林之中，人人談虎色變，深惡痛絕。」

薛慕華道：「聽說練這門邪功，要借用不少毒蛇毒蟲的毒汁毒液，吸入了手掌，與人動手之時，再將這些劇毒傳入對方經脈。咱們練功，內力出自經脈，如『關亢穴』是三陰任脈之會，『大椎穴』是手足三陽督脈之會。這兩個穴道若沾上了毒質，任脈督脈中的內力刹那間消得無影無蹤。常人以訛傳訛，說道丁老怪能化人功力。其實以在下之見，功力既然練成，便化不去了，丁老怪是以劇毒侵入經脈，使人內力一時施展不出，身受者便以爲內力給他化去了。便如一人中毒之後，毒質侵入頭腦，令人手足麻痺，倒不是化去了手足之力。在下所見或者不合，請大師指點。」

玄難點了點頭，道：「神醫所見極是，令老衲茅塞頓開，解了心中疑團。」

便在此時，一個細細的聲音又傳進山洞：「蘇星河的徒子徒孫，快快出來投降，或許還能保得性命，再遲片刻，可別怪我老人家不顧同門義氣了。」

康廣陵怒道：「此人好不要臉，居然還說甚麼同門義氣。」

馮阿三向薛慕華道：「五哥，這個地洞，瞧那木紋石材，當是建於三百多年之前，不知是出於那一派巧匠之手？」薛慕華道：「這是我祖傳的產業，世代相傳，有這麼一個避難的處所，何人所建，卻是不知了……」

一言未畢，忽然間砰的一聲巨響，有如地震，洞中諸人都覺腳底地面搖動，站立不穩。馮阿三失色道：「不好！丁老怪用炸藥硬炸，轉眼間便要攻進來！」

康廣陵怒道：「卑鄙之極，無恥之尤。我們祖師爺和師父都擅於土木之學，機關變化，乃是本門的看家本領。這星宿老怪不花心思破解機關，卻用炸藥蠻炸，如何還配稱本門弟子？」包不同冷冷的道：「他殺師父、傷師兄，難道你還認他是本門師叔麼？」康廣陵道：「這個……」

驀地裏又是轟的一聲大響，山洞中塵土飛揚，迷得各人都睜不開眼來。

玄難道：「與其任他炸破地洞，攻將進來，還不如出去一戰！」鄧百川、公冶乾、包不同、風波惡四人齊聲稱是。

范百齡心想玄難是少林高僧，躲在地洞之中以避敵人，實是大損少林威名，反正生死在此一戰，終究躲不過，便道：「如此大夥兒一齊出去，跟這老怪一拚。」

薛慕華道：「玄難大師與這老怪無怨無仇，犯不著趕這淌混水，少林派諸位大師還是袖手旁觀罷。」玄難道：「中原武林之事，少林派都要插手，各位恕罪。何況我玄痛師弟圓寂，起因於中了星宿派弟子毒手，少林派跟星宿老怪並非無怨無仇。」

馮阿三道：「大師仗義相助，我們師兄弟十分感激。薛五哥的家眷和包風二位，都可留在此間，諒那老怪未必會來搜索。」包不同向他橫了一眼，道：「還是你留著較好。」馮阿三忙道：「在下決不敢小覷了兩位，只是兩位身受重傷，再要出手，不大方便。」風波惡道：「越傷得重，打起來越有勁。」范百齡等都搖了搖頭，均覺這兩人性格甚勇，卻有點不可理喻。當下馮阿三扳動機括，快步搶了出去。

軋軋之聲甫作，出口處只露出窄窄一條縫，馮阿三便擲出三個火炮，砰砰砰三聲響，炸得白煙瀰漫。三聲炮響過去，石板移動後露出的縫口已可過人，馮阿三又是三個火炮擲出，跟著便竄了出去。

馮阿三雙足尚未落地，白煙中一條黑影從身旁搶出，衝入外面人叢，叫道：「那一個是星宿老怪，姓風的跟你會會。」正是一陣風風波惡。

他見面前有個身穿葛衣的漢子，喝道：「吃我一拳！」砰的一拳，已打在那人胸口。那人是星宿派的第九弟子，身子一晃，風波惡第二拳又已擊中他肩頭。只聽得劈劈啪啪之聲不絕，風波惡出手快極，幾乎每一拳每一掌都打在對方身上，只是他傷後無力，打不倒那星宿弟子。玄難、鄧百川、康廣陵、薛慕華等都從洞中竄了上來。

只見一個身形魁偉的老者站在西南角上，他身前左右，站著兩排高矮不等的漢子，那鐵頭人赫然便在其中。康廣陵叫道：「丁老賊，你還沒死嗎？可還記得我麼？」

那老者正是星宿老怪丁春秋。原來丁春秋擒到少林僧慧淨，本想逼他去尋冰蠶，卻發覺他患病極重，便來找薛慕華要他醫治。薛慕華先裝假死，卻還是逃不過這一劫。丁春秋一眼之間，便已認清了對方諸人，手中羽扇揮了幾揮，說道：「慕華賢姪，你如能將那大肚皮的少林僧醫好，我可饒你不死，只是你須拜我爲師，改投我星宿派門下。」他一心一意只是要薛慕華治愈慧淨，帶他到崑崙山之巔去捕捉冰蠶，又想將薛慕華收入門下，與他共研「不老長春功」功訣中的不解之處。

薛慕華聽他口氣，竟將當前諸人全不放在眼裏，似乎各人的生死存亡，全可由他隨心所欲的處置。他深知這師叔的厲害，心下著實害怕，說道：「丁老賊，這世上我只聽一個人的話，唯有他老人家叫我救誰，我便救誰。你要殺我，本來易如反掌。可是要我治病救人，你非去求那位老人家不可。」

丁春秋冷冷的道：「你只聽蘇星河的話，是也不是？」薛慕華道：「只有禽獸不如的惡棍，才敢起欺師滅祖之心。」他此言一出，康廣陵、范百齡、李傀儡等齊聲喝采。

丁春秋道：「很好，很好，你們都是蘇星河的乖徒兒，可是蘇星河卻曾派人通知我，說道已將你們八人逐出門牆，不再算是他門下弟子。難道姓蘇的說話不算，仍偷偷的留著這師徒名份麼？」范百齡道：「一日爲師，終身爲父。師父確是將我們八人逐出了門牆。這些年來，我們始終沒能見到他老人家一面。上門拜謁，他老人家也是不見。可是我們敬愛師父之心，決不減了半分。姓丁的，我們八人所以變成孤魂野鬼，無師門可依，全是受你這老賊所賜。」

丁春秋微笑道：「此言甚是。蘇星河是怕我向你們施展辣手，將你們一個個殺了。他將你們逐出門牆，意在保全你們這幾條小命。他不捨得刺聾你們耳朵，割了你們舌頭，對你們的情誼可深得很哪！哼，婆婆媽媽，能成甚麼大事？嘿嘿，很好。你們自己說罷，到底蘇星河還算不算是你們師父？」

康廣陵等聽他這麼說，均知若不棄卻「蘇星河之弟子」的名份，丁春秋立時便下殺手，但師恩深重，豈可貪生怕死而背叛師門，八同門中除石淸風身受重傷，留在地窖中不出，其餘七人齊聲道：「我們雖給師父逐出門牆，但師徒之份，終身不變。」

李傀儡突然大聲道：「我乃星宿老怪的老母是也。我當年跟二郎神的哮天犬私通，生下你這小畜生。我打斷你的狗腿！」他學著老婦人的口音，跟著汪汪汪三聲狗叫。

康廣陵、包不同等都縱聲狂笑。

丁春秋怒不可遏，眼中陡然間發出異樣光芒，左手袍袖一拂，一點碧油油的磷火射向李傀儡身上，疾如流星。李傀儡右腿已斷，一手撐著木棍行動不便，待要閃避，卻那裏來得及，嗤的一聲響，全身衣服著火。他忙就地打滾，可是越滾磷火越旺。范百齡急從地下抓起泥沙，往他身上灑去。

丁春秋袍袖中接連飛出五點火星，分向康廣陵等五人射去，便只饒過了薛慕華一人。康廣陵雙掌齊推，震開火星。玄難出掌劈開了兩點火星。但馮阿三、范百齡二人卻已身上著火。霎時之間，李傀儡等三人給燒得哇哇亂叫。

丁春秋的衆弟子頌聲大起：「師父略施小術，便燒得你們如烤豬一般，還不快快跪下投降！」「師父有通天徹地之能，前無古人，後無來者，今日教你們中原豬狗們看看我星宿派的手段。」「師父他老人家戰無不勝，攻無不克，任何敵人望風披靡！」

包不同大叫：「放屁，放屁！哎喲，我肉麻死了！丁老賊，你的臉皮眞老！」

包不同語聲未歇，兩點火星已向他疾射過來。鄧百川和公冶乾各出一掌，撞開了這兩點火星，但兩人同時胸口如同中了巨鎚之擊，兩聲悶哼，騰騰騰退出三步。原來丁春秋是以極強內力拂出火星，玄難和康廣陵內力較高，以掌力將火星撞開後不受損傷，鄧百川和公冶乾便抵受不住。

玄難欺到李傀儡身前，拍出一掌，掌力平平從他身上拂過，嗤的一聲響處，掌力將他衣衫撕裂，扯下了一大片來，正在燒炙他的磷火，也即爲掌風撲熄。

一名星宿派弟子叫道：「這禿驢掌力還算不弱，及得上我師父的十分之一。」另一名弟子道：「呸，只及我師父的百分之一！」

玄難跟著反手拍出兩掌，又撲熄了范百齡與馮阿三身上的磷火。其時鄧百川、公冶乾、康廣陵等已縱身齊上，向星宿派衆弟子攻去。

丁春秋一摸長鬚，說道：「少林高僧，果眞功力非凡，小弟今日來領教領教。」說著左掌輕飄飄的向玄難拍來。他要自居年少，不稱「老夫」，而稱「小弟」。

玄難素知丁老怪周身劇毒，又擅「化功大法」，不敢稍有怠忽，猛地裏雙掌交揮，向丁春秋連續擊出一十八掌，掌力連環而出，左掌尚未收轉，右掌已然擊出，快速無倫，令丁春秋絕無使毒的絲毫餘暇。少林派「快掌」威力極強，只逼得丁春秋不斷倒退，玄難擊出了一十八掌，丁春秋便退了一十八步。玄難一十八掌打完，雙腿鴛鴦連環，又迅捷無比的踢出了三十六腿。丁春秋展動身形，急速閃避，這三十六腿堪堪避過，卻聽得啪啪兩聲，肩頭已中了兩拳，原來玄難踢到最後兩腿時，同時揮拳擊出。丁春秋避過了腳踢，終於避不開拳打。

丁春秋叫道：「好厲害！」身子晃了兩下。

玄難只覺頭腦一陣眩暈，登時恍恍惚惚的若有所失。他情知不妙，丁春秋衣衫上餵有劇毒，適才打他兩拳，已中暗算，當即呼一口氣，體內眞氣流轉，左手拳又向丁春秋打去。丁春秋揮右掌擋住他拳頭，跟著左掌猛力拍出。

玄難中毒後轉身不靈，難以閃避，只得挺右掌相抵。到此地步，已是高手比拚眞力，玄難心下暗驚：「我決不能跟他比拚內力！」但拳上如不使內力，對方內力震來，立時便臟腑碎裂，明知糟糕，卻不得不運內力抵擋。這一運勁，但覺內力凝聚不起，似乎突然間消失無蹤，適才曾聽薛慕華解說，知道自己經脈已中了毒。

丁春秋哈哈一笑，一聳肩頭。啪的一聲，玄難撲倒在地，全身虛脫。

丁春秋打倒玄難，四下環顧，見公冶乾和范百齡二人倒在地下發抖，已中了游坦之的寒毒掌，鄧百川、薛慕華等兀自與衆弟子惡鬥，星宿派門下，也有七人或死或傷。

丁春秋一聲長笑，大袖飛舞，撲向鄧百川身後，和他對了一掌，回身一腳，踢倒包不同。鄧百川右掌和丁春秋相對，胸口登時便覺空蕩蕩地，待要吸氣凝神，丁春秋又發掌拍到。鄧百川無奈，只得再出掌相迎，手掌微微一涼，全身已軟綿綿的沒了力氣，眼中看出來迷迷糊糊的盡是白霧。一名星宿弟子走過來伸臂一撞，鄧百川撲地倒了。

頃刻之間，慕容氏手下、玄難所率領的少林僧、康廣陵等師兄弟，都已給丁春秋和游坦之二人分別打倒。游坦之本來僅有渾厚內力，武藝平庸之極，但經丁春秋指點數日，學會了七八招掌法，以之發揮體內所蘊積的冰蠶寒毒，已頗具威力。公冶乾等出掌打在他身上，一擊即中，但爲他體內的寒毒反激，便即受傷。

這時只餘下薛慕華一人未曾受傷，他衝擊數次，星宿諸弟子都閃身相避，並不還擊。丁春秋笑道：「薛賢姪，你武功比你的師兄弟高得多了，了不起！」

薛慕華見同門師兄弟一一倒地，只自己安然無恙，自知是丁春秋手下留情之故。他長嘆一聲，說道：「丁老賊，你那大肚和尚外傷易愈，內傷難治，已活不了幾天啦，你想逼我治病救人，那是一百個休想！」

丁春秋招招手，道：「薛賢姪，你過來！」

薛慕華道：「你要殺便殺，不論你說甚麼，我都不聽。」

李傀儡叫道：「薛五哥大義凜然，你乃蘇武是也，留胡十九年，不辱漢節。」

丁春秋微微一笑，走到薛慕華身前三步處立定，左掌輕輕擱在他肩頭，微笑問道：「薛賢姪，你習練武功，已有幾年了？」薛慕華道：「四十五年。」丁春秋道：「這四十五載寒暑之功，可不容易哪。聽說你以醫術與人交換武學，各家各派的精妙招式，著實學得不少，是不是？」薛慕華道：「我學這些招式，原意是想殺了你，可是……可是不論甚麼精妙招式，遇上你的邪術，全然無用……唉！」說著搖頭長嘆。

丁春秋道：「不然！雖然內力爲根本，招數爲枝葉，根本若固，枝葉自茂，但招數亦非無用。你如投入我門下，我可傳你天下無雙的精妙內力，此後你縱橫中原，易如反掌。」薛慕華怒道：「我自有師父。要我薛慕華投入你門下，我還是一頭撞死了的好。」

丁春秋微笑道：「眞要一頭撞死，那也得有力氣才成啊。倘若你內力毀敗，走一步路也難，還說甚麼一頭撞死？四十五年的苦功，嘿嘿，可惜，可惜！」

薛慕華聽得額頭汗水涔涔而下，但覺他搭在自己肩頭的手掌微微發熱，顯然他只須心念略動，劇毒傳到，自己四十五載的勤修苦練之功，立時化爲烏有，咬牙說道：「你能狠心傷害自己師父、師兄，再殺我們八人，又何足道哉？我四十五年苦功毀於一旦，當然可惜，但性命也不在了，還談甚麼苦功不苦功？」

包不同喝采道：「這幾句話有骨氣。星宿派門下，怎能有如此英雄人物？」

丁春秋道：「薛賢姪，我暫不殺你，只問你八句話：『你醫不醫那個大肚和尙？』第一句你回答不醫，我殺了你大師兄康廣陵。第二句你回答不醫，我再殺你二師兄范百齡。第六句你回答不醫，我去找到你那個美貌師妹來殺了。第七句殺你八師弟李傀儡。到第八句問你，你仍回答不醫，那你猜我便如何？」薛慕華臉色灰白，顫聲道：「那時你再殺我便了，我們八人同死便是。」

丁春秋微笑道：「我也不忙殺你，第八句問話你如回答：『不醫』，我要去殺一個自稱爲『聰辯先生』的蘇星河。」

薛慕華大叫：「丁老賊，你膽敢去碰我師父一根毫毛！」

丁春秋微笑道：「爲甚麼不敢？星宿老仙行事，向來獨來獨往，今天說過的話，明天便忘了。我雖答應過蘇星河，只須他從此不開口說話，我便不殺他。可是你惹惱了我，徒兒的帳自然要算在師父頭上，我愛去殺他，天下又有誰管得了我？」

薛慕華心中亂成一團，情知這老賊逼迫自己醫治慧淨，用意定然十分陰毒，自己出手施治，便是助紂爲虐，但如自己堅持不醫這大肚和尚，七個師兄弟固然性命不保，連師父聰辯先生也必死在他手下。他沉吟半晌，道：「好，我屈服於你，只是我醫好這大肚和尚後，你可不得再向這裏衆位朋友和我師父、師兄弟爲難。」

丁春秋大喜，忙道：「行，行，行！我答允饒他們的性命便是。」

鄧百川說道：「大丈夫今日誤中奸邪毒手，死則死耳，誰要你饒命？」他本來吐言聲若洪鐘，但此時眞氣耗散，言語雖仍慷慨激昂，話聲卻不免有氣沒力了。

包不同叫道：「薛慕華，別上他當，這狗賊自己剛才說過，他的話作不得數。」

薛慕華道：「對，你說過的，『今天說過的話，明天便忘了。』」

丁春秋道：「薛賢姪，我問你第一句話：『你醫不醫那個大肚和尚？』」說著右足虛伸，足尖對準了康廣陵的太陽穴，顯然，只須薛慕華口中吐出「不醫」兩字，他右足踢出，立時便殺了康廣陵。衆人心中怦怦亂跳，只聽得一人大聲叫道：「不醫！」喝出「不醫」這兩個字的，不是薛慕華，而是康廣陵。

丁春秋冷笑道：「你想我就此一腳送了你性命，可也沒這麼容易。」轉頭向薛慕華問道：「你要不要假手於我，先殺了你大師哥？」

薛慕華嘆道：「罷了！我答允你醫治這大肚和尚便是。」

康廣陵罵道：「薛老五，你便恁地沒出息。這丁老賊是我師門的大仇人，你怎地貪生怕死，竟在他威逼之下屈服？」薛慕華道：「他殺了我們師兄弟八人，那也沒甚麼，可是這老賊還要去跟咱們師父爲難！」

一想到師父的安危，康廣陵等人都無話可說。

包不同道：「膽……」他本想罵「膽小鬼」，但只一個「膽」字出口，鄧百川便伸手過去按住了他嘴。包不同對這位大哥倒有五分敬畏，強忍怒氣，縮回了罵人言語。

薛慕華道：「姓丁的，我既屈從於你，給你醫治那大肚和尚，你對我的衆位朋友可得客客氣氣。否則我今天說過的話，明天也就忘了，這大肚和尚卻非幾天便能治好！」

丁春秋道：「一切依你便是。」當下命弟子將慧淨抬了過來。

薛慕華問慧淨道：「你長年累月親近厲害毒物，以致寒毒深入臟腑，那是甚麼毒物？」慧淨道：「是崑崙山的冰蠶。」薛慕華搖了搖頭，不再多問，先給他施過針灸，再取兩粒砒霜附子丸給他服下，然後替各人接骨的接骨，療傷的療傷，直忙到大天亮，這才就緒，受傷諸人分別躺下休息。薛家的家人做了麵出來供衆人食用。

丁春秋吃了兩碗麵，向薛慕華笑了笑，道：「算你還識時務，沒在這麵中下毒。」薛慕華道：「說到用毒，天下不見得有更勝似你的。我雖有此心，卻不敢班門弄斧。」

丁春秋哈哈一笑，道：「你叫家人出去，給我僱十輛驢車來。」薛慕華問道：「要十輛驢車何用？」丁春秋雙眼上翻，冷冷的道：「我自有用處。」薛慕華無奈，只得吩咐家人出去僱車。

到得午間，十輛驢車先後僱到。丁春秋道：「將車夫都殺了！」薛慕華大驚，道：「甚麼？」只見星宿派衆弟子手掌起處，啪啪啪幾聲響過，十名車夫已屍橫就地。薛慕華怒道：「丁老賊！這些車夫甚麼地方得罪你啦？你……你……竟下如此毒手？」

丁春秋道：「星宿派要殺幾個人，難道還要論甚麼是非，講甚麼道理？你們這些人，個個給我走進大車裏去。一個也別留下！」

少林僧中的慧鏡、虛竹等六僧本來受了玄難之囑，要逃回寺去報訊，豈知丁春秋布置嚴密，逃出不遠，便都給抓回。石清風本在地窖之中，也給星宿派弟子找到抬上。少林寺玄難等七僧、姑蘇慕容屬下鄧百川等四人、函谷八友康廣陵等八人，十九人中除薛慕華一人周身無損之外，其餘的或經脈中了劇毒、內力無法使出，或爲丁春秋掌力所傷，或中游坦之的冰蠶寒毒，個個動彈不得。再加上薛慕華的家人，數十人分別給塞入十輛驢車。

星宿派衆弟子有的做車夫，其餘的騎馬在旁押送。車上帷幕給拉下後用繩縛緊，車中全無光亮，更看不到外面情景。玄難等心中都存著同樣的疑團：「這老賊要帶我們到那裏去？」人人均知倘若出口詢問，徒受星宿派之辱，決計得不到回答，只得各自心道：「暫且忍耐，到時自知。」

天龍八部(大字版) / 金庸作.　-- 二版.
-- 臺北市：遠流，　2017.10
冊；　公分. -- (大字版金庸作品集；41–50)

ISBN　978-957-32-8133-7 (全套：平裝).

857.9　　　　　　　　　　106016861